作者郑熙亭先生

1998 年夏，时任河北省人才研究会副会长的作者（右二）在北京和中共河北省委原第一书记高扬同志（左二）合影。左一为河北省委组织部《干部党员人才》杂志社主编马誉峰，右一为河北省委《探索与求是》杂志社编辑刘海生。

讀詩筆記

DUSHI BIJI

郑熙亭◎著

河北大学出版社·保定

读诗笔记

DUSHI BIJI

出 版 人：朱文富
封面题字：马誉辉
责任编辑：郝　健
装帧设计：杨艳霞
责任校对：兰彩红
责任印制：常　凯

图书在版编目（CIP）数据

读诗笔记 / 郑熙亭著. -- 保定 ：河北大学出版社，2021.8
ISBN 978-7-5666-1624-1

Ⅰ. ①读… Ⅱ. ①郑… Ⅲ. ①古典诗歌－诗歌欣赏－中国－文集 Ⅳ. ① I207.2-53

中国版本图书馆 CIP 数据核字(2021)第 135853 号

出版发行：河北大学出版社
地址：河北省保定市七一东路 2666 号　邮编：071000
电话：0312-5073557　0312-5073029
邮箱：hbdxcbs818@163.com　网址：www.hbdxcbs.com
经　　销：全国新华书店
印　　刷：保定市北方胶印有限公司
幅面尺寸：185 mm × 260 mm
印　　张：16.5
字　　数：215 千字
版　　次：2021 年 8 月第 1 版
印　　次：2021 年 8 月第 1 次印刷
书　　号：ISBN 978-7-5666-1624-1
定　　价：108.00 元

如发现印装质量问题，影响阅读，请与本社联系。
电话：0312-5073023

序

今年 1 月的一个晚上，郑熙亭老爷子给我打来电话，告诉我他的新作《读诗笔记》即将杀青，让我写个序，并说："以文会友，留个纪念。"我一听甚为高兴，一位年届九秩的老人，历时三年余撰写的这部《读诗笔记》终于脱稿，难能可贵，可喜可贺。那天我们在电话里聊了足足有一个小时。老爷子娓娓道来，条分缕析，慷慨激昂，可说是纵横捭阖，尽抒情怀。吾则洗耳恭听，尽享"听君一席话，胜读十年书"的美好感受。

甫一翻开郑老所做的《读诗笔记》打印稿，汉高祖刘邦的《大风歌》映入眼帘。大风和云涛，家国与父老，这番壮丽而奇伟的词句不禁把我的记忆拉回到了几十年前。我和郑熙亭同志认识于 1989 年。那年的 2 月，在河北财经学院（今河北经贸大学）做讲师的我，刚刚调到河北省委组织部《干部与人才》（后更名为《干部党员人才》）杂志社做编辑。有一天，郑振卿主编携我到郑老家里去谈刊物的事。因当时河北省人才研究会秘书处设在杂志社，郑老爷子是若干位副会长之一，除经常为杂志提供稿件，还参加人才研究会的一些研讨活动。

从那时相识至今30多年，无论我在省委组织部，还是到市里工作，从未满30岁的小伙子，到已年过六旬的老头儿，我们的交往从未间断，每年都要见上几面，而每次见面，老人家总是和我谈经论道，说文讲史，使我这个学经济的也渐渐对文史发生了兴趣。郑熙亭同志于我，既是长辈，又是老师，更是忘年之交。

在我的心目中，郑熙亭同志堪称燕赵奇才。老人家生于乱世，长于中国人民艰苦卓绝的抗日战争时期，特殊的成长环境，造就了他鲜明的个性和独特的才干。论做官，不管是在地方当专员，或是在省直任厅长，他敢作敢为，敢爱敢恨，敢于坚持己见，敢于为民请命；论做文，诗论杂文，长篇短章，可谓著作等身，是一位颇有成就的老作家。特别令我敬佩的是，在他退休之后，又写出了长篇传记文学《东游寻梦——苏轼传》，中篇小说《峥嵘赤云西》《犹言惜故林》等大作。他的长篇小说《汴京梦断》和长篇评论《一曲伟大民族精神的壮歌——读新战争与和平札记》还获得了河北省文艺振兴奖。在耄耋之年，他的皇皇四卷本《熙亭文存》问世。在接下来的日子里，老爷子继续笔耕不辍，在九十大寿即将来临之际，写就了这部《读诗笔记》。老爷子对我说，这将是他的封笔之作。我则半信半疑，以他老人家这种精气神儿和生活方式，恐怕难以止笔，说不定哪一天文思涌动，又写出一部什么来。

郑老作《读诗笔记》一书的初衷，我想并非是对中国古代的众多诗人、诗歌作一般性的概论和解读，而是采用独特的视角对历史进行重新审视。他以人物、事件双轴线的巧妙方式，引领大家从不同的角度看待诸位著名诗人，观摩中国古代诗坛的许多面向，阐述从汉代至唐代近千年的历史沧桑和卓绝风华。一条轴线是以人物为轴。自古华夏人才辈出，这片灵秀的土地孕育了无数不朽的诗人。本书聚焦中国诗坛上的诸多闪耀的明星：这里有被围困于垓下，山穷水尽之时对着佳人虞姬慷慨悲歌，感慨命运无常的项羽；这里有将忧时伤乱的悲哀和渴望建立不朽功业的雄心糅合在一起，呈现出一种“慷慨悲凉”气质的曹操；这里有淡然平和、热爱自然，常吟出深于刻练、意象明丽佳句的陶渊明；这里有崇尚自由，饱含英雄主义气质，以天然涌发、飘逸飞动见长的李白；这里还有用一支浸满忧患的笔，写尽叛军的残暴、社会的残破、人民的灾难和不幸等种种现实杰作的杜甫。作者的笔记选取了中国古代诗坛上几十名著名诗人，涵盖对诗人性格的寻索，对创作时空背景的爬梳，以及对诗作意涵的不断抽丝剥茧、层层探掘，不仅彰显出所列举的诗人的独特魅力，也深刻反映出同一诗人在不同时期写作风格的嬗变。他的解读可谓句句动情，字字惊心。另一条轴线是以时间为轴。诗歌是时代的产物，作者选取了汉、魏（建安）、晋、南北朝、唐五个时期的诗歌，这些熠熠生辉、脍炙人口的诗篇，不但是人类历史长河中的瑰宝，也是所处时代的最好见证。如魏晋南北朝时期被喻为乱世，敏感的诗人们在战乱中最容易感受人生的短促、生命的脆弱、命运的难卜、福祸的无常以及个人的无能为力，这一时期的诗歌都带有明显的悲剧性基调。而唐代是我国历史上最为辉煌的时期之一，国力强盛、经济繁荣、思想兼容并包、文化中外融合，为文学的发展培植了丰厚的土壤，为诗人提供了极为丰富的题材，扩大了他们的视野，给予了他们激情，让他们不得不歌吟，从而成就了诗歌史上一座巍峨的高峰，亦是对人类文明的珍贵献礼。俗语有云："文史不分家。"文学和历史有着极为重要的联系。读诗可以观成败、鉴得失、明是非、知兴替。翻阅郑老的这本文学著作，我仿佛在看一场历史舞台剧，其间有历史人物间的交流，又有时间轴这条主脉下穿插的历史事件。这些内涵丰富、感情深切的诗作，无不饱含着对生命短促、人生无常的慨叹，对社会混乱、百姓苦难的披露，对复杂人性与文化内涵的探讨。我们不仅能从这些诗作中找到慰藉和共鸣，同时这些诗作也具有极高的史学价值。

伟大的中华民族之所以能够屹立于世界民族之林、生生不息，灿烂的中华文明之所以能够源远流长、历久弥新，一个重要的奥秘就是文以载道、以文化人。而众多优秀的诗篇是古圣思想的载体，是先贤智慧的结晶，是中华文化永不枯竭的源头活水，是永远给中华儿女以精神滋养、提醒我们不断进行精神反刍的范本。《读诗笔记》一书正给了我们这样一个思考：作为国之瑰宝的诗歌，绝不能做象牙塔中泛黄的辞章，绝不能做沉睡的故纸堆，而应该成为我们这个民族血液中永远保持鲜活生命力的基因符号，成为中华文明长河永远奔腾不息的文化密码。他以笔记这种看似随意的形式，对众多具有典型意义的诗歌进行再次解读，使读者能够在浩如烟海的诗歌中探赜索隐，披沙拣金；让更多人更深刻地感知诗歌的魅力，从而在欣赏和赞叹中传承中华灿烂文化。我们常说：“书里乾坤大，心中日月长。”读好诗如沐春风，可益智增德。诗歌是我们五千年文化长河中的精神高峰，多攀登这样的精神巅峰，登高望远，于个人，可以拓展拓宽自己人生的长度和宽度；于民族而言，可以夯实精神厚度，进而为天地立心，为生民立命，为往圣继绝学，为万世开太平。我想，让诗歌永远活在我们这代人心中，时常与古圣先贤对话，跨越时空进行交流，从而更好地感知伟大的精神力量指引，这正是作者书写的意义所在。

文学创作可以映衬出一个人的心路历程，读什么样的诗歌同样是精神世界的呈现。选录的这些诗词，有的豪迈慷慨，有的优雅隽永，有的飘逸潇洒，有的沉博绝丽，凡此种种，对照作者的经历和处世风格，可映照出作者的心路历程。诗歌是心灵的牧场，辽阔无际，没有斑马线，没有禁行区，任情随意，自然天成。可以说，诗歌是人的情感的载体，或者就是人的情感世界的一部分、人的生命的一部分。郑老对诗歌的解读很细微，这种细微不是源于观察、记录的精密，而是源于体验、感受的深入，不是以目观之，而是以心度之，融入了他对生活的真诚叙述和人生的深刻思考。梁漱溟先生有一句自我评价叫“独立思考，表里如一”，而这也正是郑熙亭老人家一生所秉持的观点。翻开他的书，如同与他在冬日的午后或是夏夜的星空下对坐饮茶、畅谈，一位博古通今的老人，一位激情不减的作家，一位风雨兼程不改初心的奋斗者，他带给你的，是醇厚的和风，是洗心后的那种无以言表的快乐。凡人处世，总难逃名缰利锁。愿一卷书、几首诗、一壶清茶、三两知己，能抚平喧哗世界的众多浮躁。此生辽阔高远，望能够始终保持心灵的共鸣，虔诚而喜悦地面对人生的每一天，保持这种精神和品格，那将是非常珍贵和幸福的。

马誉峰

2021 年 4 月于保定修己斋

自序

《诗》为六经之首。《论语·阳货》篇云："子曰：'小子何莫学夫诗？诗，可以兴，可以观，可以群，可以怨。迩之事父，远之事君；多识于鸟兽草木之名。'"

中国第一部文论总集《文心雕龙》中文体论的"明诗"一节，引上古文献云："诗言志，歌永言。"在心为志，发言为诗。王夫之曾强调说："圣人以诗教以荡涤其浊心，震其暮气，纳之于豪杰而后期之以圣贤，此救人道于乱世之大权也。"

当代学者叶嘉莹教授讲诗，说，诗可以兴，就是激发人、感动人。儒家诗教的效果，足以激发出"杀身成仁，舍生取义"的牺牲精神。

诗是一个神奇的精神世界。不论我在社会生活中遇到什么样的艰难困苦（例如"文革"在牛棚那样的日子），只要读诗入境，乃豁然开朗。故而我在八十岁以后，不再写东西，只把平时积累的读书笔记加以梳理，充实一些相关史料，便于诗史联读，加深理解。不同于今古传世之选本，本书只作为家传集，供亲友参阅。

2020 年岁末

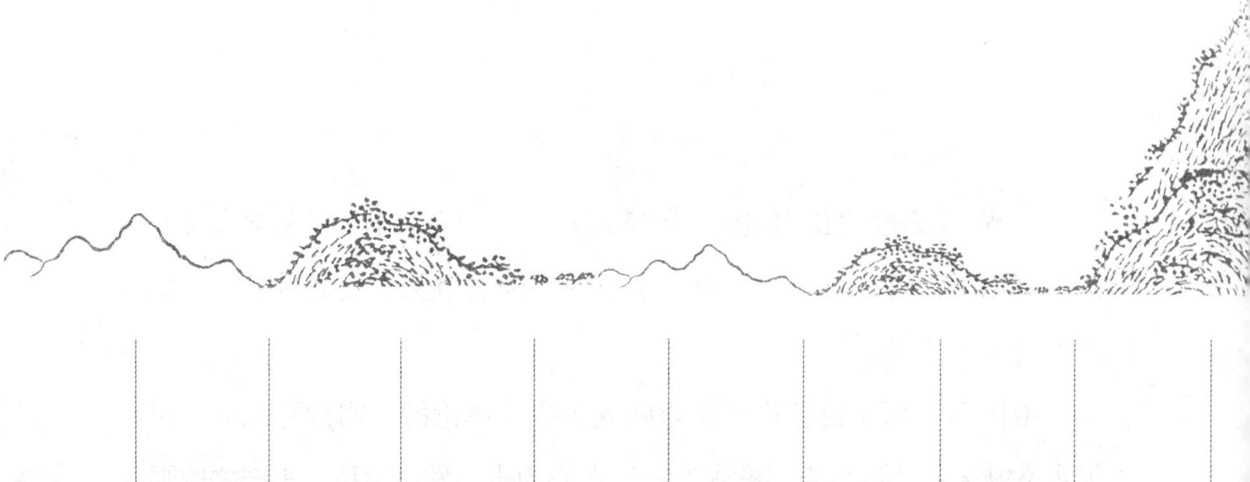

目录

第一章 汉诗

汉高祖刘邦

大风歌

大风起兮云飞扬，
威加四海兮归故乡。
安得猛士兮守四方。

【笔记】

据《史记·高祖本纪》记载，汉十二年（前196）十月，高祖刘邦平定淮南还归，过家乡沛县，留驻，置酒，悉招故人父老子弟纵酒，高祖击筑，自为歌诗，令儿童皆和习之，高祖乃起舞（边舞边唱此《大风歌》），慷纵伤怀，泣数行下，谓父兄曰：游子悲故乡呵，吾虽居关中，万岁后吾魂魄犹乐思沛。乃与父兄诸母故人乐饮极欢。十余日，高祖欲去，沛父兄固请留。高祖曰：吾人众多，父兄不能给。乃去。沛中空县，皆之邑西献（土特产）。高祖止，张饮三日。

三句诗，传唱两千多年。可称作汉朝的“国歌”。第一句以大风和云涛，比喻三年的倒秦战争、四年的楚汉战争。第二句是得胜还乡看望家乡父老乡亲。第三句是江山还未安定，家国还须守卫。当皇帝也不轻松啊！

《大风歌》流传一千多年后，宋代大儒朱熹称赞道：“然自千载以来，人主之词亦未有若是其壮丽而奇伟者也！”

台湾学者薛仁明所著《其人如天：史记中的汉人》一书，用两章的篇幅详细记载汉高祖流着眼泪为家乡父老唱《大风歌》的细节，说这是“文章的一大亮点”，歌唱之后，刘邦说的那段话尤其动人，情真意切，百感交集，有温度，有风姿，沁人心脾。刘邦最大的本领是与世人无隔，他是异于常人的皇帝，却最与常人相知相悦，故他能成就大事。他和大多数中国人一样，豁达大度，凡事看得开，韧性极强，多少艰险和劫难都能度了过去。明亮爽快，不见伤痕，进可成事，退不受困，故可打得下亮亮煌煌的四百年汉家天下，至今，我们自称着汉人，说着汉语，写着汉字，其遗泽两千多年！

项羽

垓下歌

力拔山兮气盖世，时不利兮骓不逝。
骓不逝兮可奈何，虞兮虞兮奈若何！

【笔记】

项羽的《垓下歌》和刘邦的《大风歌》对照鲜明。那个时代人们的歌诗都是即兴吟唱，而且载歌载舞，所以是现场感极强，而且生动感人。梅兰芳名剧《霸王别姬》传唱百年不衰，英雄末路，慷慨悲怆，拘人魂魄。但项羽这位英雄人物的人格还未最后完成。《史记》接下来写道：“歌数阕，美人和之。项王泣数行下，左右皆泣，莫能仰视”，“项王乃复引兵而东，至东城，乃有二十八骑……于是项王乃欲东渡乌江。乌江亭长舣船待，谓项王曰：‘江东虽小，地方千里，众数十万人，亦足王也。愿大王急渡。今独臣有船，汉军至，无以渡。’项王笑曰：‘天之亡我，我何渡为！且籍与江东子弟八千人渡江而西，今无一人还，纵江东父兄怜而王我，我何面目见之？纵彼不言，籍独不愧于心乎？’……乃自刎而死”，“汉王（刘邦）为发哀，泣之而去。诸项氏枝属，汉王皆不诛。乃封项伯为射阳侯”。

【后记】

关于项羽乌江自刎，后人多有诗评：

题乌江亭

[唐] 杜牧

胜败兵家事不期，包羞忍耻是男儿。
江东子弟多才俊，卷土重来未可知。

叠题乌江亭

[宋] 王安石

百战疲劳壮士哀，中原一败势难回。
江东子弟今虽在，肯与君王卷土来。

夏日绝句

[宋] 李清照

生当作人杰，死亦为鬼雄。
至今思项羽，不肯过江东。

三位诗人，皆中国浩大诗人队伍中的高手，我不敢评论优劣，但我可以表明，我比较喜欢李清照那五言四句二十个字，干净、洗练，每一个字都是一粒响当当的铜豌豆。

汉武帝刘彻

秋风辞

秋风起兮白云飞，草木黄落兮雁南归。
兰有秀兮菊有芳，怀佳人兮不能忘。
泛楼船兮济汾河，横中流兮扬素波。
箫鼓鸣兮发棹歌，欢乐极兮哀情多。
少壮几时兮奈老何！

西极天马歌

天马徕兮从西极，经万里兮归有德。
承灵威兮降外国，涉流沙兮四夷服。

【笔记】

汉武帝生于前156年，卒于前87年，汉高帝刘邦四世孙。其在位的五十多年，是有汉一朝最强盛的时期。汉武帝从二十岁始开拓疆土，安边、置郡，到四十七岁才略定汉家疆域。东至海，东北至朝鲜，北至大漠，西至葱岭（帕米尔高原），东南至海南岛（置二郡），南至越南北部，为汉人创立如此广大的家园。夏曾佑（清）《中国古代史》有一段话说得很好：有为汉一朝之皇帝者，高祖（刘邦）是也；有为中国二十四朝之皇帝者，秦皇、汉武是也。案中国之政，始于汉武者极多。武帝即位，称建元元年，帝王有年号始此；尊儒建太学置五经博士始此；北破匈奴，西并西域以及西羌，开西南夷置都尉、开东夷置苍海郡、开朝鲜始此；讨南越置南海、合浦、苍梧、郁林、珠崖、儋耳、交趾、九真、日南等九郡，南蛮平，始于秦，定于汉；讨东越，徙其民于江淮间，平定闽越始此；太初元年造《太初历》，以正月为岁首，色上黄，数用五，以为典常，垂之后世。故自来论中国雄主者，曰秦皇、汉武。中国之教得孔子而后立，中国之政得秦皇而后行。

整顿吏治，设州郡刺使制度，监察地方强宗豪右、郡守以上官员，以六条是问：1. 田宅逾制，以强凌弱，以众暴寡。2. 不遵典制，倍公向私，侵渔百姓，聚敛为奸。3. 不恤疑狱，风厉杀人，烦扰苛暴，为百姓所疾，山崩石裂，妖祥讹言。4. 选署不平，蔽贤宠顽。5. 子弟怙恃荣势，请托所监。6. 阿附豪强，通行货赂，割损政令。

武帝晚年，骄纵蜕化，奢侈无度：1. 大兴土木，西安皇城内修建六宫，仅见甘泉宫前神明台上矗立的“金铜仙人”（高二十丈，大十围，仙人托举承露盘高过头顶数尺），足见六宫设置规模；城外修上林苑（内建三十六处宫馆）、皇家游猎场等。耗费大量的人力、物力。2. 连年携带百官游遍长江以北各地。《秋风辞》就是他“幸河东，祠后土，顾视帝京，欣然中流（泛楼船济汾河），在楼船与群臣饮宴，自作歌唱”。3. 兵役、徭役无限。听说大宛产汗血宝马，乃出兵伐大宛，得千里马，名“蒲梢”，作歌(《史记·乐书》原注)。4. 宠(皇姊)平阳公主歌女卫子夫，冷落“金屋藏娇”之陈皇后，六十岁时宠乐师李延年之妹(即倾城倾国之美人)纳为李夫人，而李氏早亡，帝乃痴迷为之颠倒，造出许多故事传于人间。5. 迷信神仙，求长生不老，屡受方士之骗，造出海上神仙、天上王母等许多故事，成为后世诗家以古讽今的好题材。

附录唐人讽喻汉武诗六首

汉宫二首

李商隐

一

通灵夜醮达清晨①，承露盘晞甲帐春②。
王母西归方朔去③，更须重见李夫人④。

【注】

①通宵达旦向神仙祈祷。

②承露晒干了，迎接神仙的绣房空着。

③西王母回瑶池了，东方朔也不在身边逗笑了。

④要紧是同升了仙界的李夫人会面。

【笔记】

雄才大略的汉武帝，此时正忙着做这些事。

二

青雀西飞竟未回①，君王常在集灵台②。
侍臣最有相如渴，不赐金茎露一杯③。

【注】

①青雀是西王母的使者。说好要回报喜信的。

②武帝整日守候在集灵台（又名望仙宫）等待升仙。

③身边患消渴病的文学侍臣司马相如，口干得紧（最渴），那“金铜仙人”托着的承露盘不是储备着“云表之水”“止渴治病”的吗，皇帝怎么不赐他一杯呢?

茂陵①

李商隐

汉家天马出蒲梢②，苜蓿榴花遍近郊。
内苑只知含凤嘴③，属车无复插鸡翘④。
玉桃偷得怜方朔⑤，金屋修成贮阿娇。
谁料苏卿老归国⑥，茂陵松柏雨萧萧。

【注】

①茂陵：武帝陵墓，自继位第二年开始筑陵，施工五十多年，陵高十三丈，富丽堂皇、赫赫无比，满塞珠宝什物，凡人间用度应有尽有，以备武帝到“那世”享用。当他七十一岁辞世时，陵墓松柏都长成参天大树了。墓在渭河北咸阳原。自外迁来豪门、大户万家，置茂县，属右扶风。杜甫有句“汉朝陵墓对南山”，南山即终南山，山川形胜，风水

绝佳。

②蒲梢：良马名，即汗血宝马，伐大宛时得。

③含凤嘴：武帝游猎射虎，弓弦断，西域使者以奇胶用嘴含化，把弓弦续接。

④属车句：武帝车辇，装雉翎，人谓鸡翘。

⑤玉桃：传说东方朔偷西王母仙桃献给武帝。

⑥苏卿：苏武，字子卿，出使匈奴被扣十九年，返回时，武帝已殁，天子换成昭帝。

阿娇怨

刘禹锡

望见葳蕤举翠华，试开金屋扫庭花。
须臾宫女传来信，言幸平阳公主家。

【笔记】

刘彻少时信誓旦旦“金屋藏娇”的故事。得新宠之后，他的第一个皇后表姐陈阿娇被冷落到这等地步，“薄幸郎”也。

【后记】

汉武帝的故事流传下来，他的种种“痴迷症”实乃封建皇帝的通病。诗人们以古讽今，成为诗歌的好题材。诸如：

李夫人（节录）

白居易

汉武帝，初丧李夫人。夫人病时不肯别，死后留得生前恩。

君恩不尽念未已，甘泉殿里令写真。丹青写出竟何益，不言不笑愁杀人。又令方士合灵药，玉釜煎炼金炉焚。九华帐深夜悄悄，反魂香降夫人魂。夫人之魂在何许？香烟引到焚香处。……去何速兮来何迟？是邪非邪两不知。……

悲愁歌

江都公主刘细君

吾家嫁我兮天一方，远托异国兮乌孙王。
穹庐为室兮毡为墙，以肉为食兮酪为浆。
常思汉土兮心内伤，愿为黄鹄兮归故乡。

【笔记】

乌孙，是大月氏一个辖国，游牧于甘肃敦煌一带，族号乌孙。为突厥语。汉武帝欲与之交好，联合对抗匈奴，乃把宗室女江都王刘建之女名细君嫁给乌孙王昆莫（全称：昆莫猎骄靡）。细君上书武帝，陈情拒绝。武帝回答："以国家为重，必嫁。"细君只好从命，此歌诗为嫁后之作。

武帝开端，此后，匈奴单于屡有向汉廷求婚之事。例如，众所周知的"昭君出塞"故事，民间流传陈杏元"二度梅"故事（20 世纪 60 年代该剧改编成电影）。对此，唐、宋诗人多有诗作批判"和亲"政策，以为国耻。盛唐诗人戎昱五言律诗《咏史》最为有名：

汉家青史上，计拙是和亲。
社稷依明主，安危托妇人。

岂能将玉貌，便拟静胡尘。
地下千年骨，谁为辅佐臣。

琴歌凤求凰

司马相如

凤兮凤兮归故乡，遨游四海求其凰。
时未遇兮无所将，何悟今兮升斯堂！
有艳淑女在闺房，室迩人遐毒我肠。
何缘交颈为鸳鸯，胡颉颃兮共翱翔！

白头吟

卓文君

皑如山上雪，皎若云间月。
闻君有两意，故来相决绝。
今日斗酒会，明旦沟水头。
躞蹀御沟上，沟水东西流。
凄凄复凄凄，嫁娶不须啼。
愿得一心人，白头不相离。
竹竿何袅袅，鱼尾何簁簁！
男儿重意气，何用钱刀为！

【笔记】

司马相如和卓文君故事见于《西京杂记》，在中国流传甚久，戏曲舞台上也不少见。总之这是一段人间佳话。

司马相如在正史资料上是一位天才的辞赋家，传世有《上林赋》等大作。受到汉武帝的赏识，委任为皇家乐府“总撰”。

两首诗从两个角度、场境，表现了相如、文君的真挚爱情。白首之约，永无更改。

张衡

四愁诗（四首选二）

一

我所思兮在太山①。
欲往从之梁父艰②，侧身东望涕沾翰③。
美人赠我金错刀④，何以报之英琼瑶⑤。
路远莫致倚逍遥，何为怀忧心烦劳⑥。

【注】

①武帝在太山封禅，是做功德之事。

②梁父：太山之下的一个小山包。

③沾翰：泪沾衣襟。

④金错刀：以黄金饰纹之刀。

⑤投我木桃，报之琼瑶。

⑥此时朝中太监专权、外戚执政。上书言事，皇帝见不到。烦劳，忧国运也。

二

我所思兮在雁门①。

欲往从之雪雰雰②，侧身北望涕沾巾。

美人赠我锦绣段，何以报之青玉案③。

路远莫致倚增叹，何为怀忧心烦惋④。

【注】

①雁门关，属并州，国防要塞。

②欲到边塞建功立业，雪壅（喻指奸人）堵路。

③五彩之缎，以春服青玉、王赐玉案之食。宋词，以“青玉案”为词牌名。

④以边功报效，也不可能，故而忧、怨也。

【笔记】

张衡（78—139），是东汉著名的文学家、数学家、天文学家、机械制造学家、地理学家，是“候风地动（震）仪”的创造者，可惜他生不逢时，一生襟抱未开，未能在政治上对国家做出贡献。

张衡二十岁前后，学成。从河南徒步至西北游览三辅、二京，拜访扶风班氏，结交著名学者马融、王符、窦章等人。此时国家正在发生着一件大事，即和帝刘肇十岁即位，窦太后临朝，其兄窦宪为大将军，独专朝政。和帝长到十四岁，不甘心做傀儡皇帝，无奈满朝都是窦宪亲信，只有中常侍（宦官）郑众可靠，与其谋。郑众以皇帝诏，追缴窦宪大将军印，遣窦氏一干人去“封国”（侯爵的封地），逼窦宪自杀。宦官郑众封巢乡侯，食邑 1800 户。由此，开东汉一朝宦官封侯先例，导致宦官专政，直到东汉灭亡。

张衡专心学术，淡泊仕途，任太史令（六百石），管天文、历法（天象、日、月、星辰），制造浑天仪、地动（震）仪十三年。眼见朝廷宦官、外戚恶斗，儒者鼓吹“图谶”之风、儒学日趋“神学化”，地方官与豪强相勾结，暴敛、残害百姓，天下蕴藏着一场大乱，凡此等等，张衡无能为力，乃作《四愁诗》以遣怀。

蔡氏父女涉史大事

翠鸟

蔡邕

庭陬有若榴，绿叶含丹荣。
翠鸟时来集，振翼修形容。
回顾生碧色，动摇扬缥青。
幸脱虞人机，得亲君子庭。
驯心托君素，雌雄保百龄。

【笔记】

据《后汉书·蔡邕列传》：蔡邕（133—192），陈留圉县人。少博学，师事太傅胡广。好辞章、数术、天文，妙操音律。灵帝建宁三年（170），召拜郎中，校书东观（在洛阳南宫，是皇家藏书处），迁议郎。邕以经籍文字多误，贻误后学，熹平四年（175），与谏议大夫马日磾等人奏求正定六经文字，邕乃自书（丹）于碑，镌刻立于太学门外，这便是有名的“熹平石经”。

蔡邕本无意仕途，师从胡广，深受器重。待他修成学业，恩师悉以积累多年之汉史旧事为赠。蔡邕常以《汉书》十志以下止于王莽为憾，有志续修汉史，既有此珍贵史料，乃隐于陈留家中“闭门治学，不接当世”。自桓帝时宦官五侯肆虐，天下动乱，陈留颇不宁静，况且修史之事固非一人独居斗室所能成，便应谏议大夫马日磾等举荐，于灵帝建宁三年三十七岁时入仕为官，任议郎。

灵帝初，天灾人祸，百姓流离，朝野不安。灵帝诏群臣上书各言政要及当务之急。此时朝中因两次“党锢之祸”，陈蕃、杜密、李膺等清正大臣被害，株连百余士大夫官员被禁锢。朝廷要职皆是宦官心腹，应诏言事者寥寥。蔡邕既任议郎，职分所在，乃郑重上言七事。帝复诏询“灾异之因，消解之方”。蔡邕直言，“灾异者，上天之戒也”，主要原因在“寺署”，“妇人干政”“小人在位”。消解办法，只有“忍而绝之”，即罢去宦官专权、后宫称制。中常侍程璜闻之大怒，立即使人飞章诬告蔡邕，“仇怨奉公，议害大臣”。判邕“大不敬”罪，当弃市。灵帝以应诏言事，免死，徙朔方，居五原安阳县。蔡邕辩解无门，愤然叹道：“我年已四十六岁，孤特一身，忠言而死，死有余荣。”而程璜女婿阳球仍穷追不舍，使人于路途杀之。幸喜该人良知未泯，见蔡邕孤忠高义，不忍动手，反而劝他逃生。蔡邕乃远走他乡，隐居江南吴会十二年。

此间，东汉陷入将亡未亡之际。宦官仍在发着最后的疯狂，掌控尚书令大政，操纵选官。“察举”“任子”（二千石以上官员保举一子），成为宦官安插私人的工具，几年时间，从朝廷到州牧、郡守、县令等，大都换成宦官兄弟、亲属、族人、党羽、耳目、爪牙。这些人不学无术、无德、无行，专事勾结豪族大姓，催逼苛赋、徭役，侵吞乡民房产、土地，夺人妻女以为奴婢、姬妾，掠人财物以自肥。乡民有苦无处诉，有冤无处申，积恨如山，官逼民反，从汉安帝永初年间开始，乡民聚众烧豪强大姓的“壁坞”（城堡），破城捕捉县令长吏，年复一年，由几百人、几千人，到万余人，由一县一郡，到连郡连州，此伏彼起，遍及全国，为“黄巾大起义”提供了条件。

此时巨鹿人阴阳五行家张角，见汉室人心离散，气数已尽，乃着手组织发动起义，创立太平道，以黄帝老子为老祖，自称大贤良师。首先蓄养弟子，让弟子们到苦难乡民中治病传教，药到病除，百姓称谢，乃传教义：“苍天已死，黄天当立，岁在甲子，天下大吉。”汉朝气数已尽，天怒人怨，太平道行天意，带领教徒打天下。百姓信之，以大贤良师为救星，愿为教徒。十余年，聚众徒十余万，遍于青、徐、幽、冀、荆、扬、兖、豫八州，分为三十六方。大方万余人，小方六七千，各立渠帅，张氏三兄弟为总首领。定于灵帝中平元年（184）三月发动起义，因叛徒泄密临时改为二月。凡罪大恶极的贪官恶吏、宦官党羽、豪强大姓，其城池、壁坞都用白土大书“甲子”二字，为攻打目标。届时三十六方同时发动，义军头裹黄巾，势如急风暴雨，破城摧坞，按标定目标焚烧府第，捕杀官吏，扫灭豪强地主庄园，捉了皇家安平、甘陵两王，杀了南阳、汝南、广阳郡守和幽州刺史，大败中郎将朱儁、皇甫嵩，挫败董卓、卢植统帅的官军。南阳张曼成、河北张角两支主力，对京都洛阳形成南北包围之势。“州郡失据，长吏逃亡，朝廷震惊”。灵帝急命外戚大将军何进率重兵驻扎都亭，以镇京师。接受吕强、皇甫嵩谏议，大赦天下党人，还诸徒者。四年后（189），灵帝病死。蔡邕重见天日。何太后和大将军何进立灵帝子刘辩为帝。这时宦官张让、侯览为首的十常侍仍不收手，他们还要挟持少帝把东汉最后一个大将军何进杀死。激怒袁绍，起兵杀尽宦官二千余人。宦官集团这一股最腐朽顽固的势力终于恶贯满盈，东汉也随之名存实亡。

中平六年（189），灵帝崩，董卓为司空，闻邕名高，辟之。称疾不就。卓大怒，……又切敕州郡举邕诣府，邕不得已，到，署祭酒，甚见敬重。举高第，补侍御史，又转持书御史，迁尚书。三日之间，周历三台。迁巴郡太守，复留为侍中。初平元年（190），拜左中郎将，从献帝迁都长安，封高阳乡侯。及卓被诛，邕在司徒王允坐，殊不意言之而叹，有动于色。允勃然叱之曰："董卓国之大贼，几倾汉室。君为王臣，所宜同忿，而怀其私遇，以忘大节！今天诛有罪，而反相伤痛，岂不共为逆哉？"即收付廷尉治罪。太尉马日磾驰往谓允曰："伯喈旷世逸才，多识汉事，当续成后史，为一代大典。且忠孝素著，而所坐无名，诛之无乃失人望乎？"允曰："昔武帝不杀司马迁，使作谤书（按：指《史记》），流于后世。"不听。蔡邕遂死狱中。（按：王允小器不能容蔡邕。嗣后，因诛董卓，逼卓部下李傕、郭汜作困兽之斗，血洗京都，王允本人坠城自尽。）

在长安发生李傕、郭汜祸乱间，匈奴单于乘乱侵入京畿，掳掠牛羊、妇女、财物。蔡邕之女文姬为胡骑所获，被南匈奴左贤王占为姬妾十二年，有《胡笳十八拍》传入中原。曹操本与蔡邕有旧，闻知文姬流落胡地，派人把文姬赎回，文姬再嫁董祀。文姬诗作于下：

悲愤诗

蔡文姬

汉季失权柄，董卓乱天常。志欲图篡弑，先害诸贤良。
逼迫迁旧邦，拥主以自强。海内兴义师，欲共讨不祥。
卓众来东下，金甲耀日光。平土人脆弱，来兵皆胡羌。

猎野围城邑，所向悉破亡。斩截无孑遗，尸骸相撑拒。
马边悬男头，马后载妇女。长驱西入关，迥路险且阻。
还顾邈冥冥，肝脾为烂腐。所略有万计，不得令屯聚。
或有骨肉俱，欲言不敢语。失意几微间，辄言毙降虏。
要当以亭刃，我曹不活汝。岂敢惜性命，不堪其詈骂。
或便加棰杖，毒痛参并下。旦则号泣行，夜则悲吟坐。
欲死不能得，欲生无一可。彼苍者何辜，乃遭此厄祸。
边荒与华异，人俗少义理。处所多霜雪，胡风春夏起。
翩翩吹我衣，肃肃入我耳。感时念父母，哀叹无穷已。
有客从外来，闻之常欢喜。迎问其消息，辄复非乡里。
邂逅徼时愿，骨肉来迎己。己得自解免，当复弃儿子。
天属缀人心，念别无会期。存亡永乖隔，不忍与之辞。
儿前抱我颈，问母欲何之。人言母当去，岂复有还时。
阿母常仁恻，今何更不慈。我尚未成人，奈何不顾思。
见此崩五内，恍惚生狂痴。号泣手抚摩，当发复回疑。
兼有同时辈，相送告离别。慕我独得归，哀叫声摧裂。
马为立踟蹰，车为不转辙。观者皆嘘唏，行路亦呜咽。
去去割情恋，遄征日遐迈。悠悠三千里，何时复交会。
念我出腹子，胸臆为摧败。既至家人尽，又复无中外。
城郭为山林，庭宇生荆艾。白骨不知谁，纵横莫覆盖。
出门无人声，豺狼号且吠。茕茕对孤景，怛咤糜肝肺。
登高远眺望，魂神忽飞逝。奄若寿命尽，旁人相宽大。
为复强视息，虽生何聊赖。托命于新人，竭心自勖励。
流离成鄙贱，常恐复捐废。人生几何时，怀忧终年岁。

【笔记】

文姬诗与其父诗风格相似。诗到东汉末，五言已成长句，即唐人所称“古风”。蔡邕诗颇具文彩。一个学者，身处乱世，毫无安全感，托翠鸟以述怀。石榴红花绿叶，翠鸟暂以停集，梳洗着羽毛，多么温馨的“君子庭院”呀，而灾难却说不定哪一刻就会降临。文姬之诗悲惨惨、血淋淋，书写着亲身遭遇，白日号泣，夜晚悲吟，好不容易回到家，眼前遍是废墟荒草白骨，孤零零形影相吊，失魂落魄。无情地揭露、鞭挞董卓等乱臣贼子的虎狼行径及王允等无谋所造成的灾难。

第二章　魏（建安）诗

【题记】

黄巾大起义摧毁了东汉腐朽政治的统治，沉重打击了残酷压迫农民的豪强地主。从公元 189 年四月少帝刘辩继位、九月董卓进洛阳，东汉名存实亡，并暴发了全国性的军阀混战，连续十年左右，形成三国鼎立的局面。社会进入了一个新时代——英雄时代。曹、刘、孙赤壁之战，剧作家们编了一出大戏，叫“群英会”。这个名字象征着当时人才辈出、英雄竞胜那样一种寻找出路、人人争先的局势。人们在数百年的经学、图谶迷惘中觉醒过来，诗人们各显才华，以五言歌行书写着时代精神和社会面貌。以魏武帝曹操为首的建安诗流传至今，而且英气长存。

魏武帝曹操

薤露行

惟汉廿二世，所任诚不良。沐猴而冠带，知小而谋强。
犹豫不敢断，因狩执君王。白虹为贯日，己亦先受殃。
贼臣持国柄，杀主灭宇京。荡覆帝基业，宗庙以燔丧。
播越西迁移，号泣而且行。瞻彼洛城郭，微子为哀伤。

【笔记】

东汉末年灵帝崩，少帝（十四岁）继位。何太后预政，其兄何进（屠户出身）被擢为大将军当权，中常侍张让等十常侍祸乱朝政。何进与袁绍谋诛宦官，召前将军、并州牧董卓进京平宦。此诗责何进、袁绍智小无谋，如猴子戴上官帽。宦官帝之家贼，除之容易；董卓外臣，领兵入朝，

自召其乱也。（据《三国志·魏书》）

少帝被张让等劫持至河边，张让等投河死。少帝与九岁弟陈留王夜间独行数里，得民家以车载送（洛阳宫城），董卓与众大臣共迎帝于北芒。董卓带精兵进城，乃独专朝政，朝臣一言不合即遭其杀戮，乃至废少帝、杀太后。立十岁陈留王为帝，即汉献帝。自封为相国、郿侯，占据武库甲兵、国家珍宝，威镇朝野。卓性残暴不仁，以杀戮胁众，人不自安。逢二月社日，乡民聚于社下行祭，卓使兵出城屠戮，断男子头夺牛车，载妇女财物归，言称“杀贼大获”，长安城中皆呼万岁。以所掳女为甲兵妇，卓则淫乱宫人、公主。金城韩遂杀郡守叛，聚众十万，天下骚动。卓命典军校尉曹操为骁骑校尉，欲与计事。曹操乃变易姓名，间行东归，散家财，合义兵，将以诛卓。以上即“白虹为贯日”至“宗庙以燔丧”六句之史事。

诗的最后四句，言董卓焚洛阳、迁长安之事。河内太守王匡已调遣兵马。卓自知作恶多端，惊惧不宁，意欲迁都，召朝臣公议，众皆以为不可。卓作色曰：“公等欲阻国家计耶？”乃自行其是，使兵烧光洛城外百里。自引兵烧南北宫、宗庙、府库、民家，收公室财物，发掘陵墓宝物。卓至西京后，笞杀太尉张温，废五铢钱，谷一斛至十万钱。百姓嗷嗷，道路以目。

蒿里行

关东有义士，兴兵讨群凶。初期会盟津，乃心在咸阳。
军合力不齐，踌躇而雁行。势利使人争，嗣还自相戕。

淮南弟称号，刻玺于北方。铠甲生虮虱，万姓以死亡。
白骨露于野，千里无鸡鸣。生民百遗一，念之断人肠。

【笔记】

此诗紧接前篇，皆诗史也。董卓作恶多端，人神共愤，诸侯纷纷起兵讨卓。《三国志·魏书》载："初平元年春正月，后将军袁术、冀州牧韩馥、豫州刺史孔伷、兖州刺史刘岱、河内太守王匡、渤海太守袁绍、陈留太守张邈、东郡太守桥瑁、山阳太守袁遗、济北相鲍信同时俱起兵，众各数万，推绍为盟主。太祖行奋武将军。"董卓见豪杰并起，恐惧不宁。《蒿里行》前四句即表述以上史实。

诗从第五句"军合力不齐"至第十句"刻玺于北方"，指陈袁绍无能，诸侯不济事，曹操兵少、言轻，只能眼看着百姓涂炭，痛"断人肠"。据《三国志·魏书》载："卓兵强，绍等莫敢先进。"操曰："举义兵以诛暴乱，大众已合，诸军何疑。……今（董卓）焚烧宫室，劫迁天子，海内震动，不知所归，此天亡之时也，一战而天下定矣，不可失也。"当时，只有张邈分兵、遣将，随曹操引兵而西，到荥阳汴水，遇卓将徐荣，与战不利，死伤甚多。曹操为流矢所中，马被创，只好退去。操到酸枣，诸侯兵十万日置酒高会，不图进取。操责让之："今兵以义动，持疑不进，失天下之望，窃为诸君耻之。"乃与夏侯惇等到扬州募兵。进屯河内。袁绍与冀州牧韩馥谋立幽州牧刘虞为帝，虞不敢当，绍乘机胁馥，自为冀州牧，取冀。诸侯各为己谋，相互争夺权利，乃至"自相戕"，兖州刺史刘岱因恶怨而杀东郡太守桥瑁。一场讨逆之义举，无结果而散。

诗的最后部分描述关中人民死亡殆尽："白骨露于野，千里无鸡鸣。"此等惨状是何因由？据《三国志·魏书》载："（初平）三年四月，司徒王允、尚书仆射士孙瑞、卓将吕布共谋诛卓。是时，天子有疾新愈，大会未央殿。布使同郡骑都尉李肃等，将亲兵十余人，伪着韂士服守掖门。布怀诏书。卓至，肃等格卓。卓惊呼布所在。布曰'有诏'，遂杀卓，夷三族。主簿田景前趋卓尸，布又杀之；凡所杀三人，余莫敢动。长安士庶咸相庆贺，诸阿附卓者皆下狱死。"裴松之注曰："暴卓尸于市。卓素肥，膏流浸地，草为之丹。守尸吏暝以为大炷，置卓脐中以为灯，光明达旦，如是积日。"卓迁都长安时，在眉县筑坞（城堡），高厚七丈，号称"万岁坞"。卓之郿坞中，搬出金二三万斤，银八九万斤，珠玉、锦衣、奇玩、杂物皆山崇阜积，储粮足食三十年。卓败后一千年，苏东坡过长安眉县，感赋七绝《郿坞》一首："衣中甲厚行何惧，坞里金多退足凭。毕竟英雄谁得似，脐脂自照不须灯。"

此时，卓部兵马尚有十万之众，王允等大臣未加计议，由吕布使李肃至陕，欲以诏命诛卓婿中郎将牛辅。牛辅部下李傕、郭汜、张济等率军略陈留、颍川诸县，傕等回陕，辅已败死，众无所依。（按：此时，如朝中大臣有一人带一纸诰书安抚李傕、郭汜等，足以息事。）既无赦书，而闻长安城中欲尽诛凉州人，忧恐不知所为。谋士贾诩曰："闻长安中议欲尽诛凉州人，而诸君弃众单行，即一亭长能束君矣。不如率众而西，所在收兵，以攻长安，为董公报仇，幸而事济，奉国家以征天下，若不济，走未后也。"李傕等皆以为然，遂将其众而西。所在收兵，比至长安，众十余万。与卓旧部曲头目合围长安，十日城陷。与吕布战城中，吕布败走。傕等放兵略长安老少，杀之悉尽，死者狼藉。尸王允于市，葬董卓于郿。李傕、郭汜、樊稠擅朝政。三个亡命徒暴得天机，哪管什么朝政？

但以杀戮为能事，拼命争夺财物、妇女。傕、汜先杀樊稠，然后二人混战数月，长安城中死者万计。李傕质天子于营，烧宫殿城门。傕将杨奉将众兵叛傕，天子得出，奔奉营。杨奉和将军董承以天子赴洛阳。李傕、郭汜追及于曹阳，杨奉急招河东故将与傕、汜大战。傕等纵兵杀公卿百官。帝后贵人步行乡间，止人家中。杨奉弃辎重，与太尉杨彪等十余人，以牛车载天子还旧都洛阳，见宫室烧尽，街陌荒芜，百官披荆棘，依丘墙间。州郡各拥兵自保，莫有至者。

此时，兖州牧曹操遣曹洪西迎天子，自率军临武平，破汝南、颍川黄巾余部数万众，至洛阳，卫京都。天子命操录尚书事。由于洛阳残破，董昭等劝操都许。建安元年九月，车驾东迁许昌。以操为大将军，封武平侯。以袁绍为太尉，绍耻班在操下，不肯受。操乃固辞，改车骑将军。以绍为大将军。曹公以亲历、亲见史实，作《薤露行》《蒿里行》，是为汉末史诗也。

苦寒行

北上太行山，艰哉何巍巍！
羊肠坂诘屈，车轮为之摧。
树木何萧瑟，北风声正悲。
熊罴对我蹲，虎豹夹路啼。
溪谷少人民，雪落何霏霏！
延颈长叹息，远行多所怀。
我心何怫郁，思欲一东归。
水深桥梁绝，中路正徘徊。

迷惑失故路，薄暮无宿栖。
行行日已远，人马同时饥。
担囊行取薪，斧冰持作糜。
悲彼《东山》诗，悠悠使我哀。

【笔记】

此诗作于建安十一年（206），曹公征袁绍甥高干时。建安五年（200），曹公与袁绍“官渡之战”；七年（202），袁绍病死；九年（204），破袁谭、袁尚，谭走平原，尚奔中山，八月破邺城；十年（205）春正月，斩袁谭及其妻子，平定冀州。高干以并州降。俟曹公东征乌桓，临幽州，高干复叛，执上党太守，举兵守壶口关。先是遣乐进、李典领兵击之，不利，十一年春正月，曹公亲征灭之。

是时，公兵出邺城（冀州治所，今河北临漳），即“北上太行山”，壶口关在并州（山西）境，一路羊肠小道，俱是深山行军，树木萧瑟，山风悲鸣，熊罴虎豹等猛兽不避大军，窥视行人，阴森可怖。太行山，非南方之“江南江北青山多”，而是穷山恶水、处处荆棘，故须凿冰为水，以煮粥为食。此时曹公已五十一岁，自从起义兵，征战十八年。是处皆亲临战阵，直面顽敌。至建安十三年（208）春正月“汉罢三公官，置丞相、御史大夫”，夏六月“以公为丞相”。

曹操在《三国志》《三国演义》及民间传说、舞台戏曲中皆为人知。其奸雄也罢，英雄也罢，平生所为多是义举，传世文献多为国计民生经典之作。《三国志·魏书》曹公手书诏令：恤烈士、授土田、给耕牛、置学师；县满五百户者置校官；民不得复私仇，禁厚葬；河北罹袁氏之难，免今年租赋。凡此等等，皆义举也。

曹公其人极富情感，在太行深山苦寒之夜，长叹、思乡、心情忧郁（公有令曰：旧土人民，死丧略尽，国中终日行，不见所识，使吾凄怆伤怀）。读其诗、其文，见其心、其人也。

所谓建安风骨，实为人之心性，善恶、义利、忠奸、优劣、公私等等，德行也。

步出夏门行二首

一　观沧海

东临碣石，以观沧海。
水何澹澹，山岛竦峙。
树木丛生，百草丰茂。
秋风萧瑟，洪波涌起。
日月之行，若出其中。
星汉灿烂，若出其里。
幸甚至哉，歌以咏志。

【笔记】

周振甫先生著《毛泽东诗词讲解》载：建安十二年（207），曹操北伐乌桓，七月出卢龙塞，碣石在卢龙东南，靠渤海。曹操向北进军，卢龙在碣石西北。为什么又回头向东南到碣石去呢？周先生主观臆断回答说，因为秦皇、汉武都到过碣石，所以曹操也要到碣石去观海了。又断定是出兵时而不是凯旋时到的碣石。理由是当时曹操出兵，犹豫不定，是南征刘表呢还是北征乌桓呢？因而观海。这就不对了。

曹操征乌桓，是略定北方的最后一战。在战略上，也是平定江南的准备。据《三国志·魏书》载："（建安）十年春正月，攻谭，破之，斩谭，诛其妻子，冀州平。……熙、尚奔三郡乌丸。"夏四月，故安赵犊、霍奴等杀幽州刺史、涿郡太守。三郡乌丸攻鲜于辅于犷平。（按：此处特别注明，犷平县属渔阳郡，周先生不会不知道渔阳是蓟县吧！）故，"秋八月，公（曹操）征之，斩犊等，乃渡潞河救犷平，乌丸奔走出塞"。"三郡（尚谷、渔阳、右北平）乌丸承天下乱，破幽州，略有汉民合十余万户。……为绍所厚，故尚兄弟归之，数入塞为害"。此真正是曹公心腹之患也。曹操此时屯兵邺城（冀州），而京都献帝君臣即在一望之地许昌，袁氏兄弟和乌桓之兵随时可能南来复仇（朝发而夕至）。魏武精通兵法，怎么会无视后院强敌而去南征刘表呢？《三国志·魏书》明载："（乌桓）数入塞为害，公将征之。"两年前就做着准备："凿渠（开通水路），自呼沲入泒水，名平虏渠；又从泃河口凿入潞河，名泉州渠，以通海。"于建安十二年春二月郑重做战前动员："大封功臣二十余人，皆为列侯，其余各以次受封，及复死事之孤，轻重各有差。"战略预备既就，大军一出，自然是一往无前。曹操何等多谋善断，此时还会犹豫征刘表？会在意"秦皇汉武临碣石，自然要回头南行观海"？我们还是看看《三国志·魏书》之记载罢：秋七月，大水，傍海道不通，田畴请为乡导，公从之。引军出卢龙塞，塞外道绝不通，乃堑山堙谷五百余里，经白檀，历平冈，涉鲜卑庭，东指柳城。未至二百里（离柳城还有二百里），虏乃知之。（袁）尚、（袁）

熙与蹋顿、辽西单于楼班、右北平单于能臣等将数万骑逆军（迎头截住）。八月，前锋登白狼山，卒与虏遇，众甚盛。公登高，望虏阵不整，乃纵兵击之，使张辽为先锋，虏众大崩，斩蹋顿和名王以下，胡、汉降者二十余万口。辽东单于速仆丸及辽西、北平诸豪，弃其种人，与（袁）尚、（袁）熙奔辽东，众尚有数千骑。九月，公引兵自柳城还。辽东太守公孙康即斩尚、熙及辽东单于速仆丸等，传其首。十一月至易水，代郡、上郡乌桓单于将其名王来贺。十三年春正月，公还邺城（冀州，今临漳），作玄武池以练舟师。（这时才训练水军，淮南征刘表。此后乌桓入迁中原，融于汉族。）

二 龟虽寿

神龟虽寿，犹有竟时。
腾蛇乘雾，终为土灰。
（龟蛇神物，万寿，也会终了。）
老骥伏枥，志在千里。
烈士暮年，壮心不已。
（老马卧槽志犹在，忠义人，老当益壮。）
盈缩之期，不但在天。
养怡之福，可得永年。
（寿命长短，不在神仙；个人调养，延年益寿。）
幸甚至哉，歌以咏志。

【笔记】

这是曹公五十岁出头时之作。汉武帝作《秋风辞》也是这个年龄，“少壮几时兮奈老何！”曹之生死观与秦皇、汉武以下之帝王们“妄图长生不老”比较起来，真是独一无二：“神龟有竟时，龙蛇终成灰”。许多诗人以此题材为诗，给以讽喻，如李白诗：“尚采不死药，茫然使心哀。……徐市载秦女，楼船几时回？”所谓秦皇汉武都到过碣石，正是他们信神山，“山上多生不死药，服之羽化为天仙。秦皇汉武信此语，方士年年采药去。蓬莱今古但闻名，烟水茫茫无觅处”（白居易）。曹操观沧海所见是“洪波涌起”，所想是“志在千里”。人之生老病死，物之新陈代谢，是自然规律，天（神）也无能为力，甚至天命亦是如此。魏武在两千年前就有如此见识，实在难得。

短歌行

对酒当歌，人生几何？
譬如朝露，去日苦多。
（生有涯而知无涯，生有涯而事业难成，
人生苦短，日子过得太快，而成就太迟。）
慨当以慷，忧思难忘。
何以解忧？唯有杜康。
（要和岁月抢时间，时不我待而忧急。）
青青子衿，悠悠我心。
但为君故，沉吟至今。
（求贤令）
呦呦鹿鸣，食野之苹。
我有嘉宾，鼓瑟吹笙。
明明如月，何时可掇？

忧从中来，不可断绝。
越陌度阡，枉用相存。
契阔谈讌，心念旧恩。
（求贤心急，到处奔走。旧友、新交，友情难忘。）
月明星稀，乌鹊南飞。
绕树三匝，何枝可依？
（夜间醒来，月下徘徊。听到乌鸦叫声，寻觅可栖良木。）
山不厌高，海不厌深。
周公吐哺，天下归心。

【笔记】

此励志之作也，当作于平定冀州，献帝进操丞相，准备南征刘表、孙吴之时。这时，操思人才若渴，发布召贤令。

建安十三年（208），操平定三郡乌桓，北方定。春，诏罢三公，置丞相、御史大夫。夏六月，操为丞相。

此诗和《蒿里行》连起来读。曹公心忧天下百姓，盼息兵、统一、安天下，救黎民刻不容缓、时不我待，故夜不能眠，发此壮歌。

魏文帝曹丕

燕歌行

（自注：良人从役于燕，而为此曲。）

秋风萧瑟天气凉，草木摇落露为霜。
群燕辞归雁南翔，念君客游思断肠。
慊慊思归恋故乡，何为淹留寄他方。
贱妾茕茕守空房，忧来思君不敢忘。
不觉泪下沾衣裳，援琴鸣弦发清商。
短歌微吟不能长，明月皎皎照我床。
星汉西流夜未央，牵牛织女遥相望。
尔独何辜限河梁。

【笔记】

句句用韵，掩抑徘徊。节奏之妙，闻之欲舞。

广陵观兵（节录）

观兵临江水，水流何汤汤。
戈矛成山林，玄甲耀日光。
猛将怀暴怒，胆气正纵横。
谁云江水广，一苇可以航。
不战屈敌虏，戢兵称贤良。

……

兴农淮泗间，筑室都徐方。
量宜运权略，六军咸悦康。
岂如东山诗，悠悠多忧伤。

【笔记】

黄初六年（225），魏文帝曹丕在今扬州阅兵，意在震慑东吴。

《东山》诗：我徂东山，慆慆不归。我来自东，零雨其濛。我东曰归，我心西悲。制彼裳衣，勿士行枚。（军中衔木，勿喧哗。）

全诗共四段。《诗经》体制，是民歌式。周公东征，征人离乡日久不归。一旦罢兵，归家心情急切，“一夜征人尽望乡”之意也。曹丕继承父业，三国征战日久，到第二代鼎立多年，这主帅亦感疲惫，所以吟出“东山”来。

陈思王曹植

送应氏诗

步登北邙阪，遥望洛阳山。洛阳何寂寞，宫室尽烧焚。
垣墙皆顿擗，荆棘上参天。不见旧耆老，但睹新少年。
侧足无行径，荒畴不复田。游子久不归，不识陌与阡。
中野何萧条，千里无人烟。念我平常居，气结不能言。

【笔记】

初平元年（190），董卓挟持汉献帝迁都长安，火烧洛阳城。二十一年后，曹植随父西征，见洛阳惨状。

七哀诗

（注：七哀，多哀也。乐府诗题名。）

明月照高楼，流光正徘徊。
上有愁思妇，悲叹有余哀。
借问叹者谁？言是宕子妻①。
君行逾十年，孤妾常独栖。
君若清路尘，妾若浊水泥②。
浮沉各异势，会合何时谐？
愿为西南风③，长逝入君怀。
君怀良不开，贱妾当何依④？

【注】

①宕子：荡子。

②清路尘与浊水泥是一物也。浮为尘，沉为泥。

③雍丘，即陈留，在开封西南。

④曹丕为帝，骨肉不相容。是以弟植以妾自况，为诗遣怀。还有流传之七步诗，可参照。（煮豆燃豆萁，豆在釜中泣，本是同根生，相煎何太急？）

建安诸子

【前记】

诸子之诗，风骨凛凛，其忧时、爱民之声也。《沧浪诗话》即称之“建安风骨”，不虚言也。

七哀诗

王粲

西京乱无象，豺虎方遘患。复弃中国去，委身适荆蛮。
亲戚对我悲，朋友相追攀。出门无所见，白骨蔽平原。
路有饥妇人，抱子弃草间。顾闻号泣声，挥涕独不还。
未知身死处，何能两相完？驱马弃之去，不忍听此言。
南登霸陵岸，回首望长安。悟彼下泉人，喟然伤心肝。

饮马长城窟行（节录）

陈琳

饮马长城窟，水寒伤马骨。往谓长城吏，慎莫稽留太原卒！
……
长城何连连，连连三千里。边城多健少，内舍多寡妇。
……
生男慎莫举，生女哺用脯。君独不见长城下，死人骸骨相撑拄。
……

赠从弟诗

刘桢

泛泛东流水，磷磷水中石。苹藻生其涯，华叶纷扰溺。
采之荐宗庙，可以羞嘉客。岂无园中葵，懿此出深泽。

百一诗（百虑有一失）（节录）

应璩

下流不可处，君子慎厥初。
名高不宿著，易用受侵诬。
……
问我何功德，三入承明庐。
……
用等称才学，往往见叹誉。
……

克官渡（曹公与袁绍战）

缪袭

克绍官渡，由白马。
僵尸流血，被原野。
贼众如犬羊，王师尚寡。
沙塠旁，风飞扬。
转战不利，士卒伤。
今日不胜，后何望。
土山地道，不可当。

卒胜大捷，震冀方。
屠城破邑，神武遂章。

从军行

左延年

苦哉边地人，一岁三从军。
三子到敦煌，二子诣陇西。
五子远斗去，五妇皆怀身。

汉魏乐府（民间无名氏作）

刘勰《文心雕龙》载（译文）：汉武帝尊重礼乐，创立乐府机关，搜集民间诗歌和腔调。李延年配音乐，朱买臣、司马相如修辞。诗从民间来，经乐府制作，再返回民间去，即所谓“在普及基础上提高，在提高指导下普及”。于是汉魏晋乃至六朝，中国诗歌获得极大的发展。今选录于下。

陌上桑（节录）

日出东南隅，照我秦氏楼。秦氏有好女，自名为罗敷。
罗敷喜蚕桑，采桑城南隅。青丝为笼系，桂枝为笼钩。
头上倭堕髻，耳中明月珠。缃绮为下裙，紫绮为上襦。
行者见罗敷，下担捋髭须。少年见罗敷，脱帽著帩头。
耕者忘其犁，锄者忘其锄。来归相怨怒，但坐观罗敷。

【笔记】

试将《陌上桑》与相类诗歌同读。比如李白、白居易是怎样表现杨贵妃的美貌？吴祖光先生是怎样表现张五可的美貌？而二千年前这位无名作者又是怎样表现罗女的美貌？

青青河畔草（节录）

青青河畔草，郁郁园中柳。盈盈楼上女，皎皎当窗牖。
娥娥红粉妆，纤纤出素手。……
荡子行不归，空床难独守。……

迢迢牵牛星

迢迢牵牛星，皎皎河汉女。纤纤擢素手，札札弄机杼。
终日不成章，泣涕零如雨。河汉清且浅，相去复几许？
盈盈一水间，脉脉不得语。

涉江采芙蓉

涉江采芙蓉，兰泽多芳草。采之欲遗谁？所思在远道。
还顾望旧乡，长路漫浩浩。同心而离居，忧伤以终老。

长歌行

青青园中葵，朝露待日晞。阳春布德泽，万物生光辉。
常恐秋节至，焜黄华叶衰。百川东到海，何时复西归？
少壮不努力，老大徒伤悲。

敕勒歌

【小叙】

敕勒族唱的歌。敕勒族，生活在内蒙古大草原，匈奴后裔。此歌早时见于国语课文。

敕勒川，阴山下。天似穹庐，笼盖四野。
天苍苍，野茫茫。风吹草低见牛羊。

【笔记】

这支歌唱出了天地精神。我们生活在华北平原，对草原上的兄弟民族之生活习惯、文化性格、思想情感所知甚少。其实，他们的身心和大草原、大戈壁祖祖辈辈早已融为一体。“风吹草低见牛羊”，多么壮美的家园呀！

木兰诗

唧唧复唧唧，木兰当户织。不闻机杼声，唯闻女叹息。
问女何所思，问女何所忆。女亦无所思，女亦无所忆。

昨夜见军帖，可汗大点兵。军书十二卷，卷卷有爷名。阿爷无大儿，木兰无长兄。愿为市鞍马，从此替爷征。东市买骏马，西市买鞍鞯，南市买辔头，北市买长鞭。旦辞爷娘去，暮宿黄河边，不闻爷娘唤女声，但闻黄河流水鸣溅溅。旦辞黄河去，暮至黑山头，不闻爷娘唤女声，但闻燕山胡骑鸣啾啾。（注：两个“爷娘唤女声”，到底是初离家门的女儿呵！）

万里赴戎机，关山度若飞。朔气传金柝，寒光照铁衣。将军百战死，壮士十年归。（注：六句话，三十个字，概括了十二年的战场生涯，真是千锤百炼，成钢成金，古人惜墨为金。）

归来见天子，天子坐明堂。策勋十二转，赏赐百千强。可汗问所欲，木兰不愿尚书郎，愿驰千里足，送儿还故乡。

爷娘闻女来，出郭相扶将；阿姊闻妹来，当户理红妆；小弟闻姊来，磨刀霍霍向猪羊。开我东阁门，坐我西阁床。脱我战时袍，著我旧时裳。当窗理云鬓，对镜帖花黄。出门看伙伴，伙伴皆惊惶。同行十二年，不知木兰是女郎。（注：一个飒爽的巾帼英雄形象。）

雄兔脚扑朔，雌兔眼迷离；双兔傍地走，安能辨我是雄雌？

孔雀东南飞（节录）

【注】

此诗与《木兰诗》齐名，是中国最长诗歌。诗中叙述了青年女子刘兰芝以死向封建家长抗争的婚姻故事。时地在建安年间（196—219）安徽庐州府。诗原题为《古诗为焦仲卿妻作》。

一

孔雀东南飞，五里一徘徊。

“十三能织素，十四学裁衣，十五弹箜篌，十六诵诗书。十七为君妇，心中常苦悲。君既为府吏，守节情不移。贱妾留空房，相见常日稀。鸡鸣入机织，夜夜不得息。三日断五匹，大人故嫌迟。非为织作迟，君家妇难为！妾不堪驱使，徒留无所施。便可白公姥，及时相遣归。”

府吏得闻之，堂上启阿母：“儿已薄禄相，幸复得此妇。结发同枕席，黄泉共为友。共事二三年，始尔未为久。女行无偏斜，何意致不厚。”

阿母谓府吏：“何乃太区区！此妇无礼节，举动自专由。吾意久怀忿，汝岂得自由！东家有贤女，自名秦罗敷。可怜体无比，阿母为汝求。便可速遣之，遣去慎莫留！”

府吏长跪告：“伏惟启阿母，今若遣此妇，终老不复取！”

阿母得闻之，槌床便大怒：“小子无所畏，何敢助妇语！吾已失恩义，会不相从许！”

二

府吏默无声，再拜还入户。举言谓新妇，哽咽不能语：“我自不驱卿，逼迫有阿母。卿但暂还家，吾今且报府。不久当归还，还必相迎取。以此下心意，慎勿违吾语。”

……

鸡鸣外欲曙，新妇起严妆。著我绣夹裙，事事四五通。足下蹑丝履，头上玳瑁光。腰若流纨素，耳著明月珰。指如削葱根，口如含朱丹。纤纤作细步，精妙世无双。

上堂拜阿母，阿母怒不止。……却与小姑别，泪落连珠子。“新妇初来时，小姑始扶床；今日被驱遣，小姑如我长。勤心养公姥，好自相扶将。初七及下九，嬉戏莫相忘。”出门登车去，涕落百余行。

府吏马在前，新妇车在后。隐隐何甸甸，俱会大道口。下马入车中，低头共耳语：“誓不相隔卿，且暂还家去。吾今且赴府，不久当还归。誓天不相负！”

新妇谓府吏：“感君区区怀！君既若见录，不久望君来。君当作磐石，妾当作蒲苇。蒲苇纫如丝，磐石无转移。我有亲父兄，性行暴如雷，恐不任我意，逆以煎我怀。”举手长劳劳，二情同依依。（注：“新妇”刘兰芝被“休”，这是很严重的打击，在社会上是个极大的耻辱。但她检点自己并无差错，所以无愧于心。被休就被休，仍要守护自己的尊严。诗歌着重描绘她早起“严妆”这一细节，以及很有礼貌地上堂辞别婆婆的细节，这是刘兰芝的涵养。而婆婆却显得极其冷酷、不懂事，“母听去不止”，连句人话都不会说。就这一逊一横、一善一恶，驱遣新妇，是非自明。而兰芝毫不在意地与小姑作别：初来时“小姑始扶床”，今日被驱遣，小姑长高了。这又一细节，表明兰芝在焦家生活日久，和小姑亲情已深，善良、多情、依依惜别。多好的一个媳妇呀，难怪到家十余日，说媒的就接踵而来，而老婆子几番对儿子说，这家有贤女，那家有贤女，恶名远播了，可曾讨得来？！）

三

入门上家堂，进退无颜仪。阿母大拊掌，不图子自归："十三教汝织，十四能裁衣，十五弹箜篌，十六知礼仪，十七遣汝嫁，谓言无誓违。汝今何罪过，不迎而自归？"（以下说媒、再嫁过程略。兰芝美丽贤淑成名，无故被休，社会舆论不平。府君遣媒人上门。阿母无奈，阿兄看重府君家，逼妹速嫁。府君欲速得佳妇，急来迎娶。）

阿母谓阿女："适得府君书，明日来迎汝。何不作衣裳？莫令事不举！"

阿女默无声，手巾掩口啼，泪落便如泻。移我琉璃榻，出置前窗下。左手持刀尺，右手执绫罗。朝成绣夹裙，晚成单罗衫。晻晻日欲暝，愁思出门啼。（注：以上十一句主要表现兰芝临事不慌，心灵手巧，不须一日，嫁衣做好。末了一个啼字，苦在心中。）

……

四

（悲剧大结局）

（兰芝）：揽裙脱丝履，举身赴清池。

（仲卿）：徘徊庭树下，自挂东南枝。

第三章　晋诗

上　西晋诗

【题记】

按史书，西晋是从公元265年十二月始，司马炎逼魏帝让位而称帝，国号晋，都洛阳，年号泰始，史称西晋。但史实上，从公元249年正月，司马炎祖父司马懿突然发动政变，屠灭大将军曹爽三兄弟及其信用僚属，“魏主政归司马氏”。司马懿“内忌而外宽，猜忌多权变。诛曹爽之际，支党皆夷及三族，男女无少长，姑姊妹女子之适人者皆杀之”。其二子司马师、司马昭同专魏政。以谋逆罪杀魏老臣太尉王凌，拘魏宗室囚禁于邺城。懿、师死后，司马昭平时“穿着皇帝的龙袍”，京师遍传“司马昭之心，路人皆知”。甘露五年（260），昭指使心腹将领贾充带数百人围攻魏帝曹髦，帝被长矛刺穿胸背而死。这些行为传开，晋氏恶名曝天下。魏晋交接之际，士大夫生活在疑忌之中，乃以诗鸣。故把晋诗分上、下两节辑录之。

阮籍

夜中不能寐（咏怀诗之一）

夜中不能寐，起坐弹鸣琴。薄帷鉴明月，清风吹我襟。
孤鸿号外野，翔鸟鸣北林。徘徊将何见？忧思独伤心。

【笔记】

阮籍，陈留尉氏（今河南）人，世代业儒。其父阮瑀。师承蔡邕。

建安初，为曹操书记官。籍曾任东平县令数月，挂名步兵校尉，世称阮步兵。魏晋之交，国易之际，纵酒谈玄，放浪形骸，以诗为解脱。

司马昭欲为子司马炎向阮氏求婚。籍佯狂酣饮，大醉六十余日。使者上门，无法搭言，回告司马昭："阮氏徒有其名，酒徒耳。"昭乃罢。

阮籍眼见士林颓唐，士大夫隐居竹林，谈玄说道，空洞无物，内心却很痛苦。眼见天下酝酿着一场风暴，前途未卜，愁怨满腹，无可奈何，半夜里起来吟咏抒怀，自我排遣。

于心怀寸阴（咏怀诗之二十一）

于心怀寸阴，羲阳将欲冥。挥袂抚长剑，仰观浮云征。
云间有玄鹤，抗志扬哀声。一飞冲青天，旷世不再鸣。
岂与鹑鷃游，连翩戏中庭。

炎光延万里（咏怀诗之三十八）

炎光延万里，洪川荡湍濑。弯弓挂扶桑，长剑倚天外。
泰山成砥砺，黄河为裳带。视彼庄周子，荣枯何足赖？
捐身弃中野，乌鸢作患害。岂若雄杰士，功名从此大。

王业须良辅（咏怀诗之四十二）

王业须良辅，建功俟英雄。元凯康哉美，多士颂声隆。
阴阳有舛错，日月不常融。天时有否泰，人事多盈冲。
园绮遁南岳，伯阳隐西戎。保身念道真，宠耀焉足崇。
人谁不善始，鲜能克厥终。休哉上世士，万载垂清风。

【总评】

钟嵘《诗品》：“（阮籍）《咏怀》之作，可以陶性灵，发幽思。言在耳目之内，情寄八荒之表。洋洋乎会于《风》《雅》，使人望其鄙近，自致远大，颇多感慨之词。”

《沧浪诗话》：“（阮籍）《咏怀》之作，极为高古，有建安风骨。”

郑曰：阮氏咏怀八十二首，百代流传。仅录四首，以为导引耳。

嵇康

斥鷃擅蒿林（述志诗之二）

斥鷃擅蒿林，仰笑神凤飞。坎井蝤蛙宅，神龟安所归。
恨自用身拙，任意多永思。远实与世殊，义誉非所希。
往事既已谬，来者犹可追。何为人事间，自令心不夷。
慷慨思古人，梦想见容辉。愿与知己遇，舒愤启幽微。

岩穴多隐逸，轻举求吾师。晨登箕山巅，日夕不知饥。
玄居养营魄，千载长自绥。

四言赠兄秀才入军（十八首选二）

（原注：从兄秀才公穆，即熹也。）

一

良马既闲，丽服有晖。左揽繁弱，右接忘归①。
风驰电逝，蹑景追飞。凌厉中原，顾盼生姿。

二

携我好仇，载我轻车。南凌长阜，北厉清渠。
仰落惊鸿，俯引渊鱼。盘于游田，其乐只且。

【注】

①繁弱：弓。忘归：矢。

【笔记】

房玄龄撰《晋书》，立嵇康传。康，谯国（安徽）人，早孤，有奇才，长七尺八寸，有风仪，不自藻饰，人以为“龙章风姿”。恬静寡欲，宽简有大量。与魏宗室婚（妻魏武帝曾孙女），仕魏拜中散大夫。景元初（魏元帝曹奂），山涛为吏部显官，将去，荐嵇康自代，康拒之，乃作《与山巨源绝交书》。司马昭阅而怒曰：嵇康“上不臣天子，下不事王侯，轻时傲世，不为物用，无益于今，有败于俗。今不诛康，无以清洁王道。”

又据《三国志·魏书》："时又有谯郡（安徽亳州）嵇康，文辞壮丽，好言老庄，而尚奇任侠，工诗文，善操琴。"当司马昭判嵇康死刑，临刑东市，百姓围观，无不叹息。有太学生三千人为嵇康请命，求其为师，司马昭不许。而康神气不变，索琴弹之，奏《广陵散》，曲终叹曰："袁孝尼尝请学此散，吾靳固不与，广陵散于今绝矣！"

魏文帝孙曹芳继位时，司马懿杀曹爽等魏室宗族，杀老臣王凌等，留下"屠夫"恶名。司马昭杀曹髦已过于其父。而且，他竟然在京都东市众目睽睽之下，不顾万众激愤，杀害嵇康这样一位深受国人爱戴的名士，不仅流恶难尽，实属不智之至也！

"杀身成仁，舍生取义"，后人称嵇康为义士，侠义之士。千余年后的南宋宰相文天祥，从容赴死之前留下一首诗，众所周知：

正气歌（节录）

天地有正气，杂然赋流形。下则为河岳，上则为日星。
于人曰浩然，沛乎塞苍冥。……时穷节乃见，一一垂丹青。
在齐太史简，在晋董狐笔。在秦张良椎，在汉苏武节。
为严将军头，为嵇侍中血[①]。为张睢阳齿，为颜常山舌。
……
是气所磅礴，凛烈万古存。当其贯日月，生死安足论。
地维赖以立，天柱赖以尊。……顾此耿耿在，仰视浮云白。

悠我心悲，苍天曷有极。哲人日已远，典刑在夙昔。

【注】

①嵇侍中：即嵇康之子嵇绍，官至侍中。

张华

杂诗（三首之一）

晷度随天运，四时互相承。东壁正昏中，涸阴寒节升。
繁霜降当夕，悲风中夜兴。朱火青无光，兰膏坐自凝。
重衾无暖气，挟纩如怀冰。伏枕终遥昔，寤言莫予应。
永思虑崇替，慨然独拊膺。

游侠篇

翩翩四公子，浊世称贤明。龙虎方交争，七国并抗衡。
食客三千余，门下多豪英。游说朝夕至，辩士自纵横。
孟尝东出关，济身由鸡鸣。信陵西反魏，秦人不窥兵。
赵胜南诅楚，乃与毛遂行。黄歇北适秦，太子还入荆。
美哉游侠士，何以尚四卿。我则异于是，好古师老彭。
（原注：老聃、彭祖。）

【笔记】

张华（232—300），范阳方城（今河北固安）人。汉张良十六代孙，少孤贫。博学强记，中国第一部博物志编者。仕魏为佐著作郎。入晋深受晋武帝器重。支持武帝伐吴，完成统一大业，论功封中书令，加封广武县侯。公元 290 年，武帝逝世，太子司马衷继位，不懂政事，贾后诏张华以三朝元老与朝臣贾模、裴頠共同辅政。十年间，贾后专权，朝政艰难举措。公元300年，赵王司马伦发动政变(发展成“八王之乱”)，攻入洛阳，杀贾后及其党羽，同时杀害张华等大臣。两首诗均作于武帝逝世之后。

两首诗之一，《杂诗》，感应政治危机，“垂衾伏枕，阴寒如冰，忧思苦虑”，无计可施。其背景是晋武帝继位后，大封同姓王，共二十七王。封邑二万户为大国，置上中下三军，养五千兵；封邑一万户为次国，置上下两军，养三千兵；封邑五千户为小国，置一军，养千五百兵。而贾后专权，滥杀无辜，诸王各拥兵虎视，大乱随时可发，使老臣不寒而栗。

两首诗之二，《游侠篇》，咏叹战国时代孟尝君等四公子养士事，诗中洋溢着对这些豪杰义士的赞美。

陆机

陆机（261—303），吴郡华亭人，东吴名将陆逊之孙，陆抗之子。公元 280 年，吴帝孙皓降晋，陆机退隐故里，在鹤鸟清鸣、茂林幽静的小环境中闭门读书十余年，值公元 289 年突发奇想，北上洛阳宦游。

陆机在赴洛途中及居洛期间多有诗作。

赴洛道中作（二首之一）

总辔登长路，呜咽辞密亲。借问子何之，世网婴我身。
永叹遵北渚，遗思结南津。行行遂已远，野途旷无人。
山泽纷纡余，林薄杳阡眠。虎啸深谷底，鸡鸣高树巅。
哀风中夜流，孤兽更我前。悲情触物感，沈思郁缠绵。
伫立望故乡，顾影凄自怜。

猛虎行

渴不饮盗泉水，热不息恶木阴。
恶木岂无枝？志士多苦心。
整驾肃时命，杖策将远寻。饥食猛虎窟，寒栖野雀林。
日归功未建，时往岁载阴。崇云临岸骇，鸣条随风吟。
静言幽谷底，长啸高山岑。急弦无懦响，亮节难为音。
人生诚未易，曷云开此衿？眷我耿介怀，俯仰愧古今。

拟明月何皎皎

安寝北堂上，明月入我牖。照之有余晖，揽之不盈手。
凉风绕曲房，寒蝉鸣高柳。踟蹰感节物，我行永已久。
游宦会无成，离思难常守。

【笔记】

以上陆机（士衡）诗三首，见于清人编《古诗源》。原注曰：士衡诗亦推大家。士衡以名将之后，破国亡家，称情而言。士怀耿介之心，不荫恶木之枝。起用六字句，最见奇峭。

公元290年，陆机到洛阳，正值晋武帝辞世，太子衷继位，不懂政事。太后杨氏诏父杨骏入朝辅政，皇后贾氏（贾充之女）素有野心，不容朝政大权落太后和外戚之手，乃使手段，利用汝南王司马亮和楚王司马玮，杀死杨骏和杨太后，再出惠帝诏书，以擅杀大臣罪名杀了司马亮和司马玮。贾后大权独揽，把朝政托给老臣张华、裴頠和贾模，她和母郭氏在后宫荒淫无度，为所欲为。很明显，晋廷危机，迫在眉睫，司马氏诸部在聚集力量。江南陆机被成都王司马颖请入幕府，委任为都督，陆机以为得所，召弟陆云、陆耽及儿子陆蔚、陆夏来洛阳，俱在幕府做事。

公元300年三月，贾后见惠帝太子司马遹形将成人，长而刚猛，心生畏忌，设计毒死太子。四月，赵王司马伦以贾后杀太子为由，起兵杀进京城，捕杀贾后，废黜司马衷（惠帝），自立为皇帝。历史上的“八王之乱”从赵王伦起兵正式开始。赵王伦称帝。齐王冏镇许昌，他得到河间王颙和成都王颖的支持，三王联合发兵攻打洛阳，杀赵王伦、孙秀数千人，市民遭到劫掠和杀戮。陆机被司马颖任命为前军都督，率驻邺城。亲兵杀入洛阳，大肆抢劫财物，乱杀无辜市民，不遵陆机约束，反诬他“阵前谋反，不杀敌军，杀本军士”。司马颖以军令杀陆机，并株连陆云、陆耽和陆机的两个儿子。陆机无端卷入这场晋室诸王骨肉相残的混战，悔恨交加，临死与胞弟及二子泣曰：“华亭鹤唳，岂可复闻乎？”

“八王之乱”杀赵王伦后，诸王不再抢着当皇帝，而是抢司马衷（惠帝）这个偶像，谁抢到手谁就执政，谁执政也不服，只能是持续不断抢来抢去的大混战、大厮杀。战乱长达十六年之久，即从公元300年司马伦起兵，到公元316年最后一帝愍帝司马邺降刘聪后被害，西晋亡。这一场从皇族内部发生的灾难，使洛阳、长安两座名城被毁坏；军士、官吏、百姓死亡数十万；八王参战，七个被杀，只剩一个东海王司马越，他也很快病死——真正的自消自灭。

刘琨

重赠卢谌（节录）

功业未及建，夕阳忽西流。
时哉不我与，去乎若云浮。
朱实陨劲风，繁英落素秋。
狭路倾华盖，骇驷摧双辀。
何意百炼刚，化为绕指柔。

【笔记】

刘琨（271—318），祖贯中山，汉中山王刘胜后裔，《晋书》有传。晋举秀才，门第入仕，官中书郎。公元306年，东海王司马越执政，任用为并州刺史，监并、冀、幽州诸军事。二十二卷白统稿《中国通史》引《晋书·刘琨传》："臣自涉州疆，目睹困乏，流民四散，十不存二，携老扶幼，不绝于路。"（刘琨上书怀帝）当时中原形势是："石勃据有赵、魏；曹嶷占有东齐（今山东）；刘曜坐镇关中（陕西）；鲜卑之众占有燕、代；只有刘琨为晋，保有并州（山西太原一带）。"（录于《中国通史》）

卢谌，范阳涿县人，东汉大儒卢植（刘备恩师）后人。谌父刘志与刘琨有旧，而卢谌则是刘琨姨甥。此时，涿郡大乱，卢谌到并州投奔刘琨。二人曾有诗作酬答，故有此重赠。

内乱引来外患。北方游牧民族内迁，南北朝三四百年大分裂、大融合。八王之乱期间，朝政荒废，水利失修，吏治混乱，连年水旱灾害，各地发生大量人口流亡，地方官和强宗大姓勾结，杀流民首领取其财货。流民没活路便起而反抗，这是第一股反晋势力。第二股，是北方内徙"胡人"（匈奴人占多数）。《晋书·江统传》曰："关中之人，百余万口，率其户口，戎狄居半。"官吏和地方权贵竟公开掠卖并州胡人。匈奴右贤王说："晋为无道，奴隶御我。"

匈奴贵族刘渊最先起兵反晋，后来发展成"五胡十六国"，五胡即匈奴、鲜卑、氐、羌、羯。十六国不是一下子就建起来的，而是陆续的。十六国中也不都是胡人，还是汉人居多。刘渊之父始为匈奴左贤王。曹操经营冀州时，与匈奴交好，分匈奴为五部，五部帅都是刘氏贵族，刘渊继其父为左部帅。晋武帝改为北部都尉。刘氏贵族聚居晋阳（山西太原南部一带）。至晋已内徙三世，生活、文化都已经汉化。八王之乱时，晋成都王司马颖拉刘渊帮他打内战，刘渊起兵，聚众五万人，公元304年，于左国城（山西离石北）即汉王位。刘渊宣称：“吾，汉氏之甥，约为兄弟，兄亡弟及，不亦可乎？且可称汉，追尊后主，以怀人望。”（《晋书·刘元海载记》）。公元308年，称皇帝，建都平阳（山西临汾西南），国号汉。按汉廷设官职。晋怀帝永嘉三年（309），刘渊派儿子刘聪两次进攻洛阳。永嘉四年（310），刘渊死，儿子刘聪继位。永嘉五年（311）五月，刘聪攻陷洛阳，大肆烧杀抢掠，杀入皇宫，辱逼后妃，抢劫宝物，晋王公百官及百姓死者三万多人。晋怀帝被掳到平阳。公元313年，怀帝被刘聪毒死。晋尚书仆射鞠光等立司马邺为帝，即愍帝，改元建兴，并迁都长安。当时长安城中户不盈百，墙宇颓毁，蒿棘如野，朝廷无车马章服。这样萧条衰败，愍帝和群臣又熬了三年。建兴三年（316）八月，刘聪命刘曜回长安；到十一月，城中粮尽，司马邺赤露肩背，口含玉璧，乘羊车出城求降；十二月，被尽情羞辱后杀死，西晋亡。

二百年以后，历仕宋、齐、梁三朝的诗人江淹，学刘琨等二十余人文体，作出彪炳为当世“诗范”三十首，其七曰：

刘太尉琨伤乱

皇晋遘阳九，天下横氛雾。秦赵值薄蚀，幽并逢虎据。
伊余荷宠灵，感激徇驰骛。虽无六奇术，冀与张韩遇。
宁戚叩角歌，桓公遭乃举。荀息冒险难，实以忠贞故。
空令日月逝，愧无古人度。饮马出城濠，北望沙漠路。
千里何萧条，白日隐寒树。投袂既愤懑，抚枕怀百虑。

功名惜未立，玄发已改素。时哉苟有会，治乱惟冥数。

左思

左思（约 250—约 305），临淄人，博学能文。曾为祭酒、秘书郎。在乡著述，十年成《三都赋》，争相传抄，洛阳为之纸贵。但因出身寒门，一生未开怀抱。这便是魏晋“九品中正制”选举“实绩”一例。钟嵘《诗品》评曰：“（左思）胸次高旷，笔力雄迈，陶冶汉魏，自是一代作手。”

咏史（八首之二）

郁郁涧底松，离离山上苗。以彼径寸茎，荫此百尺条。
世胄蹑高位，英俊沉下僚。地势使之然，由来非一朝。
金张籍旧业，七叶珥汉貂。冯公岂不伟，白首不见招。

【笔记】

左思这首诗，旗帜鲜明地抨击魏晋实行的门阀制度。从魏帝曹丕立“九品官人法”，由各郡高门世族充任中正官，按世代居官品位评定人户为上中下三等，每等分上中下三品。中正官本人都是高门大姓的在任官员，其结果自然是“上品无寒门，下品无世族”。这样门阀高第独霸仕途，世世为官。寒门子弟即使才如左思者，也没有为官的资格。“世庶之际，隔一层天”。晋承魏制，又增加了免除徭役。“郁郁涧底松，离离山上苗。”

下　东晋诗

【题记】

在西晋败亡的同时，过江士族大家以琅琊王氏（王导、王敦）兄弟为首，于公元 317 年三月立都督扬州、江南诸军事的安东将军、司马懿曾孙司马睿为帝（史称东晋元帝），定都建康（今南京市），改元建武。

东晋历十一帝，大都比较懦弱，无北伐复国之志，乐于偏安江南，依靠门阀、士族支撑。先后执政有琅琊王氏，王导为相，王敦领兵；之后是颍川庾氏，庾亮作宰辅，庾翼、庾冰领兵；之后是谯国（安徽亳州）桓氏，桓温为大司马、大将军，桓氏兄弟分领重镇；再后是陈郡阳夏（河南太康）谢氏，谢安为相，谢石、谢玄领兵。这些人都是出色的政治家、军事家，优秀的统治人才，国难当头，临危受命，“不存小察，弘以大纲”，东晋得以享国一百零四年。即使孝武帝时（383），前秦主苻坚亲率八九十万大军，以压倒之势来犯，京师为之震恐。统帅谢安镇定应敌，抓住先机，出奇兵直捣敌中军，淝水之战大获全胜，成为中国战争史上以寡胜众的著名战例。

当时，北方五胡十六国混战不已，江南则相对安定，经济、文化都有所发展。

过江士族聚居在会稽，此地含山临海，环境优美。江北士人带来的中原文化迅速传播、扎根，又丰富了江南文化。江北士族很快与江南士族融为一体，子弟们养尊处优，不问军政俗事，闲暇遨游山水，兴发而为诗歌，于是山水田园诗出——在周诗、楚辞之后，又一诗的高峰。造诣较高的有王羲之、陶渊明、谢道韫等。

王羲之

兰亭集诗

仰视碧天际，俯瞰渌水滨。
寥阒无涯观，寓目理自陈。
大矣造化工，万殊莫不均。
群籁虽参差，适我无非新。

【笔记】

此诗作于东晋穆帝永和九年（359）暮春之初。王羲之与谢安众同仁聚会会稽郡山阴县之兰亭，一觞（杯酒）一咏（吟诗），畅叙幽情。羲之把众所吟诗汇为一集，并为之序，即中国稍有文化的人无不知的《兰亭序》。《兰亭集诗》便是该集中羲之作品。

王羲之，出身琅琊王氏。王导、王敦是其堂伯，父王旷曾为淮南太守。其生于西晋末世，幼讷于言，成年时有才辩，性刚直。与王承、王悦为王氏三少。太尉郗鉴使人上门求婿，王导引至东厢遍视王家子弟，使者还报太尉："王氏诸少并佳，闻人来择婿，均神态矜持，只东床一位，袒胸露腹吃饭，若无其事。"郗鉴高兴地说："这正是我要挑的女婿呀。"羲之便娶了太尉之女郗璿。丞相颍川庾亮爱羲之才器，屡荐为将军、刺史、侍中、吏部，羲之皆不就，最后为右军将军，会稽内史。羲之淡泊权位，酷爱书法，他博采东汉以来钟繇、蔡邕、卫夫人各家之长，创造了一种比钟楷生动，比蔡隶清新，独步天下，达到终极之美的行书，把汉字之美形象得出神入化、至臻至善。至今两千年，国人学书者多以宗法二王（其子献之）为正门。获书圣之誉，国之瑰宝也。

（王羲之留下的墨迹，主要是历代传承的《十七帖》，20 世纪 90 年代初，河北美术出版社出版了《兰亭全集》，上下两大部。上部内集羲之墨迹，下部外集。历代书家评论墨迹至少百人以上。印刷质量非常好。）

《兰亭集诗》在众多选编集中很少见。清人沈德潜之《古诗源》独载并做了高度评价："不独序佳，诗亦情超越俗，'寓目理自陈，大矣造化工'，非学道有得者，不能言也。另有逸句云：'争先非吾事，静照在忘求。'"

谢道韫

登山

峨峨东岳高，秀极冲青天。
岩中间虚宇，寂寞幽以玄。
非工复非匠，云构发自然。
气象尔何物，遂令我屡迁。
逝将宅斯宇，可以尽天年。

【笔记】

三百五十年后，杜甫北游齐赵，作《望岳》："岱宗夫如何？齐鲁青未了。造化钟神秀，阴阳割昏晓。荡胸生层云，决眦入飞鸟。会当凌绝顶，一览众山小。”臆想杜甫一定读过谢氏《登山》，如前四句，分明化用“秀极冲青天”“非工复非匠，云构发自然”。

“谢氏家风”——谢安（320—385），东晋政治家，陈郡阳夏（今河南太康）人，出身士族。童年时，“神识沉敏，神采秀逸”。南渡后，寓居会稽，与王羲之、高阳许询等捕鱼射鸟，畅游山水，无意仕途。司徒王导欲辟为著作郎，不就，以疾辞。扬州刺史庾冰、吏部尚书范汪举谢安尚书郎、吏部郎，皆以书拒绝。四十岁前处家，以诗礼仪范训育子弟。一日，安问侄女道韫曰：“‘毛诗’何句最佳？”道韫回称：“吉甫作诵，穆如清风。”（按：“毛诗”，即《诗经》。“吉甫作诵”句，即《诗经·大雅·烝民》，共八章，从“天生烝民，有物有则”到最后一章“四牡骙骙，八鸾喈喈。仲山甫徂齐，式遄其归”。周天子使仲山甫督修齐城，尹吉甫老臣作诗，为仲山甫饯行。道韫以《烝民》一诗为佳，“吉甫作诵，穆如清风”，使人温馨。）又一日，天降大雪，谢安与子弟们吟咏，起句曰：“白雪纷飞何所似？”安兄子谢朗曰：“撒盐空中差可拟。”道韫曰：“未若柳絮因风起。”安以此句为嘉。世称“咏絮才”。（见《世说新语》）此佚事传至清代，《红楼梦》中曾以“堪怜咏絮才”喻林黛玉。

才女谢道韫归宿——王羲之与郗氏夫人共生了七个儿子，有五个史上有名的书法家：次子凝之得其韵，六子操之得其体，五子徽之得其势，三子涣之得其貌，小郎献之得其源。王（羲之）谢（安）二家爱好结亲，道韫佳配凝之。这样，王家又添了一个“书韵”被称为“雍容和雅”的儿媳妇，而婆婆郄璿在闺中就被名士们称作“女中仙笔”，这便是“书香门第”。

郭璞

游仙诗（十九首选二）

一

京华游侠窟，山林隐遁栖。
朱门何足荣，未若托蓬莱。
临源挹清波，陵冈掇丹荑[1]。
灵溪可潜盘，安事登云梯。
漆园有傲吏[2]，莱氏有逸妻[3]。
进则保龙见，退为触藩羝。
高蹈风尘外，长揖谢夷齐[4]。

【笔记】

璞字景纯。东晋初，宰臣王导引为参军。补著作佐郎，迁尚书郎。处清要之职。

游仙诗，古诗之一体，多描写仙境仙人脱凡意象，兴盛于魏晋，魏有曹植，晋有郭璞。璞此诗共九首，此是第一首。

此时，东晋初立，五胡乱华，天下汹汹。郭璞以王导高贤，勉强应征为属官，后为王敦所害。

【注】

①掇丹荑：拾取灵芝草。

②漆园傲吏：庄子曾为漆园吏。

③莱氏逸妻：楚王闻老莱贤，驾车迎请出山，莱应允。其妻曰："居乱世为人所制，此能免于患乎？"老莱乃随妻而隐。

④夷齐：伯夷、叔齐不食周粟。

二

翡翠戏兰苕（翠鸟），容色更相鲜。
绿萝结高林，蒙笼盖一山。
中有冥寂士（玄默），静啸抚清弦。
放情凌霄外，嚼蕊挹飞泉。
赤松临上游，驾鸿乘紫烟。
左挹浮丘袖（嵩山仙人），
右拍洪崖肩（洪崖先生尧时已三千岁）。
借问蜉蝣辈，宁知龟鹤年。

袁宏[①]

咏史（二首之一）

周昌梗概臣[②]，辞达不为讷。

汲黯社稷器[3]，栋梁天表骨。
陆贾厌解纷，时与酒梼杌。
婉转将相门，一言和平勃。
趋舍各有之，俱令道不没。

【注】

①袁宏：阳夏（今河南太康）人，有逸才，谢尚引为参军。又为大司马桓温府记室。后以吏部郎出为东阳太守。

②周昌：汉高帝刘邦宠戚姬，欲废太子孝惠，立戚姬之幼子如意为太子。大臣周昌口吃，又怒急，刘邦问他意见，昌曰："臣口不能言，然臣期期知其不可。陛下虽欲废太子，臣期期不奉诏。"加以张良用谋，请当时著名贤人商山四皓入陪太子。刘邦出于舆论压力，废立之事乃止。

③汲黯：濮阳人，东海太守，凭政绩召为主爵都尉，位列九卿，汉武称"社稷之臣"。体弱多病。时淮阳局势多事，武帝命他出任淮阳太守。黯以病泣曰："臣自以为填沟壑，不复见陛下，不意陛下复收之。臣常有狗马之心，今病，力不能任郡事。臣愿为中郎，出入禁闼，补过拾遗，臣之愿也。"帝曰："君薄淮阳邪？吾今召君矣。顾淮阳吏民不相得，吾徒得君重，卧而治之。"苏辙诗句"汲黯犹须卧理民"出于此。

陶渊明

陶潜，字渊明、元亮。东晋大司马、荆州刺史陶侃曾孙。侃，东晋名臣。成帝咸和二年（327），镇将苏峻、祖约叛乱，一度攻入建康。陶侃、温峤起兵，自上游（荆州）克日赶到，杀苏峻，平息叛乱，建立功勋。至渊明家道中落（弱年逢家乏，老至更长饥），但他一身耿介，“不为五斗米折腰”，开荒种田，兴发为诗。以田园生活为题材，闲适恬静，不为荣利。“金粉六朝”第一人也。

归园田居（五首选三）

一

少无适俗韵，性本爱丘山。误落尘网中，一去三十年。
羁鸟恋旧林，池鱼思故渊。开荒南野际，守拙归园田。
方宅十余亩，草屋八九间。榆柳荫后檐，桃李罗堂前。
暧暧远人村，依依墟里烟。狗吠深巷中，鸡鸣桑树颠。
户庭无尘杂，虚室有余闲。久在樊笼里，复得返自然。

二

野外罕人事，穷巷寡轮鞅。白日掩荆扉，虚室绝尘想。
时复墟曲中，披草共来往。相见无杂言，但道桑麻长。
桑麻日已长，我土日已广。常恐霜霰至，零落如草莽。

三

种豆南山下，草盛豆苗稀。晨兴理荒秽，带月荷锄归。
道狭草木长，夕露沾我衣。衣沾不足惜，但使愿无违。

癸卯岁始春怀古田舍（二首之二）

先师有遗训，忧道不忧贫。瞻望邈难逮，转欲志长勤。
秉耒欢时务，解颜劝农人。平畴交远风，良苗亦怀新。

虽未量岁功，即事多所欣。耕种有时息，行者无问津。
日入相与归，壶浆劳近邻。长吟掩柴门，聊为陇亩民。

饮酒（二十首之五）

结庐在人境，而无车马喧。问君何能尔？心远地自偏。
采菊东篱下，悠然见南山。山气日夕佳，飞鸟相与还。
此中有真意，欲辨已忘言。
（原注：胸有元气，自然流出。）

读山海经（十三首之十）

精卫衔微木，将以填沧海。刑天舞干戚，猛志固常在。
同物既无虑，化去不复悔。徒设在昔心，良晨讵可待。

拟古（九首之九）

种桑长江边，三年望当采。
枝条始欲茂，忽值山河改。
柯叶自摧折，根株浮沧海。
春蚕既无食，寒衣欲谁待。
本不植高原，今日复何悔。

和郭主簿（二首之一节录）

蔼蔼堂前林，中夏贮清阴。
凯风因时来，回飙开我襟。
息交游闲业，卧起弄书琴。
园蔬有余滋，旧谷犹储今。
……
弱子戏我侧，学语未成音。
……

（按：刘裕平关中，越三年，即受晋禅。）

摘句

历览千载书，时时见遗烈。
高操非所攀，深得固穷节。
飘飘西来风，悠悠东去云。
山川千里外，言笑难为因。
诗书敦宿好，林园无俗情。
昭昭天宇阔，皛皛川上平。
身没名亦尽，念之五情热。
立善有遗爱，胡可不自竭？
（原注：立德、立功、立言，皆所以立善也。……以立善劝之。）
邻曲时时来，抗言谈在昔。
奇文共欣赏，疑义相与析。

春秋多佳日，登高赋新诗。
皎皎云间月，灼灼叶中华。
饥食首阳薇，渴饮易水流。
久去山泽游，……披榛步荒墟。
徘徊丘垄间，依依昔人居。
井灶有遗处，桑竹残朽株。
借问采薪者，此人皆焉如？

第四章　南北朝诗

【题记】

公元420年，东晋衰亡，寒门出身的大将军刘裕代晋称帝，国号宋，都建康，建元永初，从这开始，史称南北朝。

北方，鲜卑族拓跋氏北魏王朝第三代君主拓跋焘，恰在这时统一了黄河流域，结束了十六国混战的局面，国势正盛，与南朝对峙。

对峙也不是年年打仗。宋齐梁陈前三朝，只打了三仗：公元430年四月，宋文帝刘义隆与北魏太武帝拓跋焘争夺河南四郡之战；公元450年，宋文帝“封狼居胥”，与拓跋焘“瓜步之战”；公元506年，梁武帝与北魏“钟离之战”。南北朝一百八十年，大仗硬仗只此三次。其大多年月都是相安对峙。

宋享国六十年，实行限制世家大族侵削农民的政策，开创了“元嘉之治”三十年的小康局面。之后宗室内斗，骨肉相残而败亡。齐高帝在位四年病逝，诸王争帝互斗，东昏侯萧宝卷杀宗室、杀大臣，激怒皇叔萧衍，从襄阳起兵，灭齐建梁。梁武帝在位四十八年，享寿八十六岁。他实行“协调政策”，效法东晋王谢，依靠世家大族。前期太平盛世，晚年荒唐祸国，引狼入室，酿成长达四年的“侯景之乱”，使锦绣江南遭受一场兵火浩劫，他本人饿死在囚室，留下了一个以皇室和世家大族为中心的腐朽没落的统治集团。这个集团的人们“姬妾百室，仆从数千，不耕不织，锦衣玉食”，而种田人却不得温饱，不堪重负，到处流亡，“人口逃亡，户籍减少”，而赋税、徭役递增，加在“编户”身上，农人更加没法活，只有反抗。南朝从宋末以降，大股小股农民起义陆续不断，根源就在这个集团的压迫和剥削。这个集团的基础是农村的世家、豪强大地主，农人和世家、豪强大地主的矛盾实质上是奴隶主和农奴的矛盾。两晋给予士族和世家大地主的特权加深了这种矛盾，梁、陈达到极致。

大北方统一后，北魏政权面对中原广大地区拓跋族的社会制度和文化习惯有着诸多不适应。直到公元 490 年，孝文帝拓跋宏亲政，才下定决心，改革旧的生产方式和文化、生活、习俗，实行“汉化”和“封建化”，包括迁都、改汉姓、改习俗、实行均田制和三长制。这一系列改革经历了很大风险，以致处死坚决抵制的太子和居然起兵的叛臣。到公元 499 年，大见成效。还有些已暴露出来的矛盾和重大问题，如军制、吏制、官奴和私奴等等，这些矛盾和问题在公元 523 年以六镇起义和各族人民大起义的形式爆发出来；起义的结果，是北魏分裂为东（关东）魏、西（关西）魏，两魏又打了多年的战争。北方不像南方奴隶制残余那么浓重，也没有南方世族大家社会地位那么高贵和根深蒂固，所以当时的希望在北方。经过惨烈的厮杀，分裂和统一，“不停地破坏不停地创造”，终于有政治家宇文泰和杨坚集中梳理出一套新型的政治体制和制度，即皇帝、世家大族、士人、庶民都能接受的体制和制度。南北朝到隋的统一，是中国封建社会大发展的鼎盛阶段，我们似乎看到，鼎盛隋唐，姗姗走来。

以上，是南北朝诗歌的社会背景。诗歌呢？是否像唐人说的“齐梁及陈隋，众作等蝉噪”？南北朝对峙时期，士大夫和士人被排斥在政权和军权之外，他们因“祸”得福，多数的士人没卷入厮杀（内斗相杀和外战死伤），他们有丰厚的待遇、尊贵的身份，悠游自得，过着一种悠闲的日子。诗歌在这一时期，是发展了，创新了。阮籍、嵇康的感遇诗，陆机、张华、刘琨的伤时诗，陶令的田园诗和诸谢山水诗，沈约、王融的永明体皆开唐诗之先河，为大唐诗家开辟了一条撒满鲜花的道路。

谢灵运

【笔记】

清人沈德潜编《古诗源》原注：前人评康乐诗，谓“东海扬帆，风日流利”。其“山水闲适，时遇理趣。匠心独运，少规往则”，与陶诗“千古并称”。“陶诗合下自然，不可及处，在真在厚。谢诗追琢而返于自然，不可及处，在新在俊。”刘勰《明诗篇》曰：“老庄告退，而山水方滋，见游山水诗以康乐（运，袭封康乐公）为最。”

九日从宋公戏马台集送孔令

季秋边朔苦，旅雁违霜雪。凄凄阳卉腓，皎皎寒潭洁。
良辰感圣心，云旗兴暮节。鸣葭戾朱宫，兰卮献时哲。
饯宴光有孚，和乐隆所缺。在宥天下理，吹万群方悦。
归客遂海隅，脱冠谢朝列。弭棹薄枉渚，指景待乐阕。
河流有急澜，浮骖无缓辙。岂伊川途念，宿心愧将别。
彼美丘园道，喟焉伤薄劣。

【笔记】

重阳节，宋武帝刘裕在彭城戏马台设宴为老臣孔靖东归养老，谢灵运应邀作陪。谢氏与宋主刘裕是有渊源的。当年谢灵运祖父谢玄在广陵组建“北府军”时，刘裕是个低级军官。淝水之战，北府军做前锋，立了大功，胜利后，谢玄封康乐公，而刘裕等下级军官被简拔为将军。此后屡建功勋，最后平息桓玄篡位，封大将军，直至420年，禅位为宋武帝。武帝即位后对谢氏子孙多有关顾。

登池上楼

潜虬媚幽姿，飞鸿响远音。

（自比潜龙、飞雁。姿媚于水，声闻天下。）

薄霄愧云浮，栖川怍渊沉。

（爵位高如浮云，无实权。虽在中流，为沉渊底。）

进德智所拙，

（进取为官无能力。是个废物，自知之明。）

退耕力不任。

（退耕无力气。）

徇禄反穷海，卧痾对空林。

衾枕昧节候，褰开暂窥临。

（睡大觉连季节都忘了。打开帐子，登高一望。）

倾耳聆波澜，举目眺岖嵚。

初景革绪风，新阳改故阴。

（有点生气了。）

池塘生春草，园柳变鸣禽。

（千古名句。清新、芳鲜。“谢诗数百首，唯此十字真。”）

祁祁伤豳歌，萋萋感楚吟。

（为大观园的贾宝玉。）

索居易永久，离群难处心。

（“无故寻愁恨，有时似傻如狂。”）

持操岂独古，无闷征在今。

游南亭（原注：永嘉郡南亭）

时竞夕澄霁，云归日西驰。
密林含馀清，远峰隐半规。
久痗昏垫苦，旅馆眺郊歧。
泽兰渐被径，芙蓉始发池。
未厌青春好，已睹朱明移。
戚戚感物叹，星星白发垂。
药饵情所止，衰疾忽在斯。
逝将候秋水，息景偃旧崖。
我志谁与亮？赏心惟良知。

【笔记】

即景抒情。兰叶盖茎，小荷初发，远山含日，暮色初起。不觉老之将至，服药、老年病，白发新生，星星点点，此时，美哉灵运人到中年了。

游赤石进帆海

（原注：永宁、安固二县中，路东南便是赤石，又枕海。）

首夏犹清和，芳草亦未歇。
水宿淹晨暮，阴霞屡兴没。

周览倦瀛壖，况乃陵穷发。
川后时安流，天吴静不发。
扬帆采石华，挂席拾海月。
溟涨无端倪，虚舟有超越。
仲连轻齐组，子牟眷魏阙。
矜名道不足，适己物可忽。
请附任公言，终然谢天伐。

（《古诗源》原注：首夏清和，芳草亦未歇也。“石华”，附石而生。“海月”，大如镜，白色。庄子曰：孔子围于陈，大公任往吊之，“直木先伐，甘泉先竭，修身以明污也”。）

登江中孤屿（原注：在永嘉江心）

江南倦历览，江北旷周旋。
怀新道转迥，寻异景不延。
乱流趋正绝，孤屿媚中川。
云日相晖映，空水共澄鲜。
表灵物莫赏，蕴真谁为传。
想象昆山姿，缅邈区中缘。
始信安期术，得尽养生年。

（《古诗源》原注：贪寻新境，忘其道之远也。寻异探奇，深于寻幽。截流而渡，忽得孤屿。）

【笔记】

谢灵运一代名士。魏晋以来的门阀士族——一个特殊阶级，其发端于曹丕（魏初），立法于晋（武帝司马炎），全盛于东晋、南朝。东晋门阀士族既掌政权又掌军权，至南朝宋武帝刘裕，剥夺了门阀士族的政治、军事权力，保留其世袭爵禄、土地、部曲（兵勇）、宾客、奴隶（这些人都按旧制，免除租赋徭役）和社会上的崇高地位，即“士庶之分，本自天隔”。

谢灵运十八岁袭祖父谢玄爵位——安乐公，又与宋室开国皇帝刘裕有旧。继位之宋文帝（义隆）对灵运格外礼遇，灵运先后出仕永嘉太守、临川内史等职。他不伏约束，出城游玩不计时日，428 年被免官。灵运继承祖父资产十分巨大，还有众多仆人、役童、故旧、门生几百人，开山浚湖，建造险峻景观，从南山直达临海，临海太守王琇以为来了山贼。与文友王弘等人在千秋亭饮酒，裸身大声呼喊，会稽太守孟顗相劝，他大怒：“我呼叫，关你痴人屁事。”他为临川内史终日放荡，无视礼仪法度。

鲍照

鲍照，南朝宋东海（今江苏涟水）人。临海王刘子顼镇荆州，鲍为前军参军。

代出自蓟北门行（注：蓟，故燕国。代：拟也。）

羽檄起边亭，烽火入咸阳。
（汉文帝时，匈奴犯塞。）
征师屯广武，分兵救朔方。
（太原郡，广武县。武帝开朔方郡。）
严秋筋竿劲，虏阵精且强。
（筋，弓弦。竿，箭竿也。）
天子按剑怒，使者遥相望。
雁行缘石径，鱼贯度飞梁。
箫鼓流汉思，旌甲被胡霜。
疾风冲塞起，沙砾自飘扬。
马毛缩如蝟，角弓不可张。
（元封二年，大雪深五尺，野兽鸟皆死。）
时危见臣节，世乱识忠良。
投躯报明主，身死为国殇。

（《国殇》：《楚辞·九歌》之一，祭祀阵亡将士。其辞曰：身既死兮神亦灵，魂魄毅兮为鬼雄。）

登黄鹤矶（注：黄鹤楼在黄鹤矶上。）

木落江渡寒，雁还风送秋。
临流断商弦，瞰川悲棹讴。
适郢无东辕，还夏有西浮。

三崖隐丹磴[①]，九派引沧流[②]。
泪竹感湘别[③]，弄珠怀汉游。
岂伊药饵泰，得夺旅人忧。

【注】

①崖：山边，断崖。

②九派：长江至浔阳支流九道，曰九江、白乌江、蚌江、乌土江、嘉靡江、畎江、源江、廪江、提江、菌江。

③泪竹：舜崩，二妃（湘君、湘夫人）啼，涕洒竹（斑竹也）。

谢朓

入朝曲

江南佳丽地，金陵帝王州。
逶迤带绿水，迢递起朱楼。
飞甍夹驰道，垂杨荫御沟。
凝笳翼高盖，叠鼓送华辀。
献纳云台表，功名良可收。

暂使下都夜发新林至京邑赠西府同僚（节录）

大江流日夜，客心悲未央。
徒念关山近，终知返路长。

秋河曙耿耿，寒渚夜苍苍。

……

风云有鸟路，江汉限无梁。

……

寄言罻罗者，寥廓已高翔。

之宣城郡出新林浦向板桥

江路西南永，归流东北骛。
天际识归舟，云中辨江树。
旅思倦摇摇，孤游昔已屡。
既欢怀禄情，复协沧洲趣。
嚣尘自兹隔，赏心于此遇。
虽无玄豹姿，终隐南山雾。

晚登三山还望京邑（节录）

灞涘望长安，河阳视京县。
白日丽飞甍，参差皆可见。
余霞散成绮，澄江静如练。
喧鸟覆春洲，杂英满芳甸。

……

有情知望乡，谁能鬒不变？

观朝雨

朔风吹飞雨，萧条江上来。
既洒百常观，复集九成台。
空濛如薄雾，散漫似轻埃。
平明振衣坐，重门犹未开。
耳目暂无扰，怀古信悠哉。
戢翼希骧首，乘流畏曝鳃。
动息无兼遂，歧路多徘徊。
方同战胜者，去剪北山莱。

【笔记】

子夏见曾子，曾子问，前时消瘦，今何肥胖？子夏答，前时见富贵之乐，欲之；入读王之道，悦之。思想斗争激烈，故瘦。今以先王之道，胜求富贵之欲，一心无私欲，故肥，去剪北山莱。（按：莱，野菜。雨后野莱鲜嫩，剪食之。）

《古诗源》载：朓字玄晖，灵心秀口，觉笔墨之中，笔墨之外。（灵运从弟称小谢）“康乐每板拙，玄晖多清俊”，然《诗品》以其“康乐之下”。按：名出于朓，爵高于朓。资产丰厚，不用“剪野莱食”。

《南齐书》言，永明末，盛为文章，吴兴沈约、陈郡谢朓、琅琊王融等，以平上去入为四声，以之制韵，世呼为“永明体”。按：开唐诗先声也。

和王中丞闻琴

凉风吹月露，圆景动清阴。
蕙风入怀抱，闻君此夜琴。
萧瑟满林听，轻鸣响涧音。
无为澹容与，蹉跎江海心。

和徐都曹出新亭渚

宛洛佳遨游，春色满皇州。
结轸青郊路，迴瞰苍江流。
日华川上动，风光草际浮。
桃李成蹊径，桑榆荫道周。
东都已俶载，言归望绿畴。

秋夜

秋夜促织鸣，南邻捣衣急。
思君隔九重，夜夜空伫立。
北窗轻幔垂，西户月光入。
何知白露下，坐视阶前湿。
谁能长分居，秋尽冬复及。

摘句

1. 日出众鸟散，山暝孤猿吟。
2. 洞庭张乐地，潇湘帝子游。
云去苍梧野，水还江汉流。
3. 余雪映青山，寒雾开白日。
暧暧江村见，离离海树出。
4. 白水田外明，孤岭松上出。

王融

江皋曲

林断山更续，洲尽江复开。
云峰帝乡起，水源桐柏来。

萧谘议西上夜集

徘徊将所爱，惜别在河梁。
衿袖三春隔，江山千里长。
寸心无远近，边地有风霜。
勉哉勤岁暮，敬矣事容光。
山中殊未怿，杜若空自芳。

【笔记】

王融，琅琊王氏之后。

陆凯

赠范晔诗

折花逢驿使，寄与陇头人。
江南无所有，聊赠一枝春。

【笔记】

陆凯，江南陆氏与范晔相善，自江南寄梅一枝，兼赠诗。

张融

别诗

白云山上尽，清风松下歇。
欲识离人悲，孤台见明月。

梁无名氏

伯劳歌（节录）

东飞伯劳西飞燕，黄姑织女时相见。
……
三春已暮花从风，空笛可怜谁与同。

沈约

临高台

高台不可望，望远使人愁。
连山无断绝，河水复悠悠。
所思竟何在？洛阳南陌头。
可望不可见，何用解人忧？

伤谢朓

吏部信才杰，文锋振奇响。
调与金石谐，思逐风云上。
岂言陵霜质，忽随人事往。
尺璧尔何冤，一旦同丘壤。

【笔记】

沈约，吴兴人。仕齐，为东阳太守，梁武帝时为尚书仆射。

齐梁时沈约、谢朓、王融气类相同，以平上去入为四声，以此制韵，把五言诗推向律诗，称为“永明体”“初体诗”。

夜夜曲

河汉纵且横，北斗横复直。
星汉空如此，宁知心有忆？
孤灯暧不明，寒机晓犹织。
零泪向谁道，鸡鸣徒叹息。

【笔记】

沈约是政治家，史学家，著有《宋书》，列二十四史；另有《晋书》《齐纪》。他与梁武有旧，衔领高官，而并不热心时政，一心著史，故得以善终，享年七十三岁。

梁武帝萧衍在位四十八年，他任人唯贤，高门与寒门并用。鉴于齐昏侯时“内难九兴，外寇三作”，宗室残杀，国无宁日，他起兵于齐乱之后，以宽厚待人，兄弟子侄之间骨肉亲爱，避免相残。他信用尚书令王亮、吏部尚书范运、尚书仆射沈约制定《梁律》。但他亦信用奸人野心家侯景，造成四年兵火之灾，浩劫江南，最是计拙。所以沈约在多事之年能自处而不惑，实大智慧之士也。

王籍[1]

入若耶溪[2]

艅艎何泛泛[3]，空水共悠悠。
阴霞生远岫，阳景逐回流。
蝉噪林逾静，鸟鸣山更幽。
此地动归念，长年悲倦游。

【注】

①王籍：琅琊王氏后人。祖父王远，仕宋，为光禄勋。父僧祐，仕齐，骁骑将军。籍与谢氏子弟交游，诗似谢朓。

②若耶溪：在会稽（浙江绍兴）东二十八里，是一条很有名的溪流，春秋时欧冶子曾以溪底所出铜铸成利剑。唐诗人每发“宁为百夫长，胜作一书生”的狠话。李唐宗室李贺宦游十年之后回乡——河南宜阳昌谷村南竹地，为诗《南园十三首》，其七云：“见买若耶溪水剑，明朝归去事猿公。”其眼见当时宦官祸乱于内，藩镇割据于外，赫赫大唐衰落不堪，吟咏诗歌也发狠话。而王籍生于南北朝对峙之时代，处于内乱外患之齐梁，更替之间，做个宗室王的咨议参军“朝不保夕”，于是，“此地动归念，长年悲伴游”。

③艅艎：大舟。

江淹

江淹，字文通，济阳考城（河南兰考）人。少而沉敏。自以孤贫，励志笃学，称江南才子。仕宋历齐，入梁为散骑常侍。迁金紫光禄大夫。初，二十岁时，以五经授宋，建平王刘景素待之以礼。

望荆山

奉义至江汉，始知楚塞长。
南关绕桐柏，西岳出鲁阳。
寒郊无留影，秋日悬清光。
悲风桡重林，云霞肃川涨。
岁晏君如何，零泪沾衣裳。
玉柱空掩露，金樽坐含霜。
一闻苦寒奏，再使艳歌伤。

秋至怀归

怅然集汉北，还望岨山田。
沄沄百重壑，参差万里山。
楚关带秦陇，荆云冠吴烟。
草色敛穷水，木叶变长川。
秋至帝子降，客人伤婵娟。
试访淮海使，归路成数千。

蓬驱未止极，旌心徒自悬。
若华想无慰，忧至定伤年。

渡西塞望江上诸山

南国多异山，杂树共冬荣。
潺湲夕涧急，嘈嘈晨鹍鸣。
石林上参错，流沫下纵横。
松气鉴青蔼，霞光铄丹英。
望古一凝思，留滞桂枝情。
结友爱远岳，采药好长生。
当畏佳人晚，秋兰伤紫茎。
海外果可学，岁暮诵仙经。

赤亭渚

（注：钱塘西南五十里，赤亭在定山东十余里。）

吴江泛丘墟，饶桂复多枫。
水夕潮波黑，日暮精气红。
路长寒光尽，鸟鸣秋草穷。
瑶水虽未合，珠霜窃过中。
坐识物序晏，卧视岁阴空。
一伤千里极，独望淮海风。
远心何所类，云边有征鸿。

【笔记】

南朝宋，建平王刘景素为右将军、荆州刺史，江淹授以五经，所以起句“奉义至江汉”，逗留吟咏楚塞诗三首，放在一起来读，更见其形势。鲁阳，楚之北塞。荆门、虎牙，楚之西塞。“楚关带秦陇，荆云冠吴烟”，楚水而吴江。“望古一凝恩，留滞桂枝情”。在传说中，江淹只是一个才子，而且做了一个奇怪的梦，五彩神笔被朋友借了去，于是江郎才尽，再也写不出好诗来。仅看这三首诗，从三个方面写荆门、楚塞，大视野，大手笔。结尾尤其雄放，“远心何所类，云边有征鸿”。

何逊

咏早梅

兔园标物序[①]，惊时最是梅。
衔霜当路发[②]，映雪拟寒开。
枝横却月观，花绕凌风台[③]。
朝洒长门泣，夕驻临邛杯。
应知早飘落，故逐上春来[④]。

【注】

①梁孝王筑兔园。

②口含物曰衔。

③月观、风台，宫城游宴之所。

④花开，春带雨露。花谢，春入泥土。长门之怨。

萧绎

咏梅

梅含今春树，还临先日池。
人怀前岁忆，花发故年枝。

摘句

何逊：帘中看月影，竹里见萤飞。
王僧儒：长川杳难即，四望四无极。
庾肩吾：青袍异春草。（何逊：春草似青袍。）
委翠似知节，含芳如有情。
刘孝绰：川平落日迴，落照满川涨。

刘昶

断句

白云满鄣来，黄尘暗天起。
关山四面绝，故乡几千里。

【笔记】

刘昶之父刘骏，骏是宋武帝刘裕之孙，是文帝第三子。元嘉二十七年（450），魏宋瓜步（江苏六合）之战，宋大败，魏军直捣建康，王公以下子弟皆守城。太子劭总领水军，为城防总指挥，建立功勋，受臣僚鼓惑，盼父皇早死，与潘淑妃幼弟濬作巫蛊事（刻木人、扎上针，埋地下诅咒父皇早死）。被告发，文帝欲废太子劭，赐濬死。潘淑妃密告劭和濬。劭起兵入宫弑父文帝。江州刺史武陵王刘骏起兵讨逆（弑父大逆）。劭败死。骏继位，称孝武帝。以皇弟义宣为丞相，录尚书事。义宣起兵反宋，孝武帝大怒，起大军迎战，杀叛臣臧质、鲁爽，杀义宣及其徒众十四人。从此，孝武遍疑宗室兄弟，残酷杀戮。在位十年，先后杀武昌、竟陵、海陵、南平四王（皆兄弟）。孝武死后，他长子刘子业继位，素无教养，生性残暴。先杀他叔祖江夏王义恭及其四子；杀文帝大臣沈庆之、王元谟；杀大臣刘元景及八子六弟；杀大臣颜伯及六子；杀其胞弟南海王及胞妹；又拟杀徐州刺史义阳王刘昶。昶得救逃奔北魏避难。魏文帝相待其厚，以公主嫁昶。

王褒

渡河北

秋风吹木叶，还似洞庭波。
常山临代郡[①]，亭障绕黄河。
心悲异方乐，肠断陇头歌。
薄暮临征马，失道北山阿。

【笔记】

王褒，齐太尉俭之曾孙，仕梁入周，建德中为宣州刺史。全诗述怀怀旧。

【注】

①常山郡，汉高帝置。代郡，故代国。后汉王霸治飞狐岭，筑亭障，梁曲有《陇头歌》。

庾信

拟咏怀（七首选三节录）

一

榆关断音信，汉使绝经过。
胡笳落泪曲，羌笛断肠歌。
纤腰减束素，别泪损横波。
恨心终不歇，红颜无复多。
枯木期填海，青山望断河。

二

日晚荒城上，苍茫余落晖。

……

马有风尘气，人多关塞衣。

……

闻道楼船战，今年不解围。

三

萧条亭障远，凄惨风尘多。
关门临白狄，城影入黄河。
秋风别苏武，寒水送荆轲。
谁言气盖世，晨起帐中歌。
……

【笔记】

庾信出身江南世家大族，曾出使西魏，梁亡留北，后仕北周，官至开府仪同三司。世称庾开府。怀念故国，诗多抒发幽怀，沉郁。杜甫戏为二绝句：“庾信文章老更成，凌云健笔意纵横。”

隋诗　春江花月夜（二首之一）

暮江平不动，春花满正开。
流波将月去，潮水带星来。

【笔记】

此诗作者说法不一。不论出于谁，这一个好题目，不是五言四句是不可能写出来的。大约大几十年后，成全了唐人张若虚长篇叙事，一首诗独步天下，即成大家。

孔绍安

落叶

早秋惊落叶，飘零似客心。
翻飞未肯下，犹言惜故林。

【笔记】

此诗是吾“至友”。三十五岁时读到，铭刻在心。多次引用，到此作为本章结尾，以兹纪念。

第五章　唐诗

【题记】

诗是时代之歌。中国漫长的封建社会进入七、八世纪的唐朝时代，封建政治体制完全成熟，社会经济文化繁荣昌盛，而诗的艺术水平则达到顶峰，普及全国。“上至皇帝贵族，下至牧童竖子，无不喜欢吟诗作赋。”唐诗和唐楷一样，竟成了唐王朝的标志。民间曾流传一个趣闻，说是中唐文宗期间（827），诗人李涉过九江，至皖口（今安庆长江渡口）遇盗。盗问“何人”，从者曰“李博士”（太学博士）。其酋曰：“若是李涉博士，不用抢夺，久闻诗名，愿题一篇足矣。”涉乃题一七言绝句曰：“暮雨萧萧江上村，绿林豪客夜知闻。他时不用逃名姓，世上如今半是君。”

与秦皇汉武齐名的唐太宗本人就是个杰出的诗人，《全唐诗》收入他的诗作 80 多篇，流传较广。如《赐萧瑀》：“疾风知劲草，板荡识诚臣。勇夫安识义，智者必怀仁。”还有武德初，平定洛阳王士充及河北窦建德、刘黑闼的《还陕述怀》：“慨然抚长剑，济世岂邀名。星旗纷电举，日羽肃天行。遍野屯万骑，临原驻五营。登山麾武节，背水纵神兵。在昔戎戈动，今来宇宙平。”以上两诗，颇显风骨。

唐代是一个诗的时代。

一、“秦川雄帝宅，函谷壮皇居”

帝京篇（十首之一）

李世民

秦川雄帝宅，函谷壮皇居。
绮殿千寻起，离宫百雉余。
连甍遥接汉，飞观迥凌虚。
云日隐层阙，风烟出绮疏。

【笔记】

此诗约作于贞观之间。非有一等的胸襟才有一等的诗篇。全诗笔力雄壮，气象浑厚。与贞观政绩一样，实为大唐诗奠基之作。

“皇居”，即唐朝都城长安，但非汉之长安。隋文帝杨坚开皇二年（582）六月，令宇文恺等在长安旧城东南之龙首山南坡山原上营建新城。此地东有崤山，南有秦岭，西有陇山，北濒黄河。有高山、大河围绕，自然易于防守。山间、河畔四外交通道路，据险建有关隘，东有函谷关，西有大散关，南有武关，北有萧关。关中之名，由此得来。这八百里秦川大关中富庶之地，自然条件向来得天独厚，土壤肥沃，水源充足，境内主干河道泾水、渭水，还有沣、滈、灞、浐、潏、涝等水道，足以灌溉农田，形成一个稠密的灌溉网。都城长安就在这个网络的中心。南有秦岭即传说中的仙山终山，北有大河，山清水秀，都城环境算得上优美。太宗诗，落笔开阔，气象非凡，“秦川雄帝宅，函谷壮皇居”，言有尽也。

设计这“皇居”的是隋朝将作大臣宇文恺。全城由郭城、皇城和宫城构成。南北长约8.7公里，东西长约9.7公里，面积达84平方公里。宫城位于城市北部中心地段，是皇帝处理朝政和皇室居住的地方。皇城在宫城南面，是朝廷官署所在地。郭城又叫罗城，位于宫城和皇城东西南三面，是官员府第和一般民户居住区。郭城周围城墙高达6米，四面各开有三座城门，城外挖有宽9米、深4米的护城壕。全城有南北大街14条，东西大街11条，界于宫城和皇城之间的东西横街宽达220米，中轴线上南主干道朱雀大街宽150米。这些大街把郭城内分割成108个里坊。每个里坊周围筑有3米高的围墙，坊内中间是十字街，四面开有坊门，入夜禁闭，不能随意出入。郭城专门设有东西两市，作为民间贸易场所。

新城于公元582年动土兴建，当年十二月基本建成，次年三月即迁入使用。前后用了九个月的时间，新城便从龙首原上拔地而起。自杜陵原北至渭河岸边，是逐渐倾斜的坡地，间有突起高坡，宇文恺匠心独运，以九二高坡置宫城，尚余一块空地，向东北伸延，唐太宗贞观初年，在此地置大明宫。宫成，环顾风景极其优美：“北据高原，南望爽垲，每天晴日朗，南望终南山如指掌，京城坊市、街陌，俯视如在槛内，盖其高爽也。”宇文恺这样布置，使长安城充分利用地形，错落有致。唐代还在城内外开漕渠、修夹道、建兴庆宫、整修曲江芙蓉园，使长安城更加完善。

登观音台望城

白居易

百千家似围棋局，十二街如种菜畦。

遥认微微入朝火，一条星宿五门西。

【笔记】

都城构造精细，规矩尺寸严格。皇城以正中南门朱雀门向南，直到外郭城正中的南门明德门，是全城的中轴线。朱雀大街，亦称天街，北对宫城南门承天门和宫城北门玄武门。天街两侧即东西面各有五条南北街，依次为东一至五街、西一至五街。宫城和皇城之间、皇城和外郭各有横街相隔，皇城的这条横街向南依次还有九条横街，宫城和皇城东西两侧至外郭城依次各有四条横街，合起来外郭城中东西向的街十四条，南北向的街十一条。这十四街和十一街都是直贯通城圈内四周的顺城街，这就把郭城内的地面分割成相等的一百零八块，建为一百零八坊。另有东西两个贸易市场。城区分划为万年、长安两县。万年领天街（朱雀街）东五十四坊，长安领西五十四坊，天街为自然的县界。坊自成系统，中有十字街。

都城四外有八水环绕，城内开挖引水渠三条，城南部引水有清明渠、永安渠；城东部引水有龙首渠，入城后分两支，分别流经宫苑，直北入城外的渭水。

城中凡有街道都有排水沟，道旁营植榆柳槐树，凡引水渠，两岸植柳。植树行株划一。

所以，诗人白居易登高望城，见惊人整齐的“棋局”，埂直如线的“菜畦”。而皇城中的街道另有布置。承天门为主干道（外直通天街朱雀街），皇城内的南北七街和南五街合为十二街，通皆为垂直，居高下看，隔城与郭区街道相向。故而，白居易另一首《登乐游园望》有句：“独上乐游园，四望天日曛。东北何霭霭，宫阙入烟云。……下视十二街，绿树间红尘。……”在大唐时代都城是黄土铺路，清水泼街，勤换新土，就是很讲究了。

乐游园春望

李频

五陵佳气晚氛氲，霸业雄图势自分。
秦地山河连楚塞，汉家宫殿入青云。
未央树色春中见，长乐钟声月下闻。
无那杨花起愁思，满天飘落雪纷纷。

【笔记】

视野开阔，气魄宏大，真所谓高瞻远瞩。河山壮丽，国势强大。李频，寿昌长汀人（今浙江建德），官武功令，有善政，升任侍御使。长于七律，诗风深厚。全唐诗收其诗 208 首。

雨中春望

王维

渭水自萦秦塞曲，黄山旧绕汉宫斜。
銮舆迥出千门柳，阁道回看上苑花。
云里帝城双凤阙，雨中春树万人家。
为乘阳气行时令，不是宸游重物华。

【笔记】

原题《奉和圣制从蓬莱向兴庆阁道中留春雨中春望之作应制》，蓬莱喻指大明宫，大明宫在宫城东北部，兴庆宫在东南角。开元二十三年（735），由大明宫经兴庆宫到城东南的风景区曲江筑阁道（御道）。玄宗带近臣在雨中登阁道瞭望，命臣僚赋诗。秦塞、汉宫旧迹，均在长安西北部。望中所见显现帝都长安神采，尤其是“云里帝都双凤阙，雨中春树万人家”传神之至。

四家唱和：早朝大明宫

【题记】

贞观初年，唐太宗在宫城东北部九二高坡空余地建大明宫。建成后朝政中心就转移到大明宫来了。大明宫正门丹凤门内的含元殿，为大朝会之所。含元殿后的宣政殿为皇帝常朝之所，门下省、中书省分别在含元殿、宣政殿两侧。丹凤门西建福门外，设百官待漏院（等待早朝之所）。每当春正，万国朝贡使、四夷宾客觐见之时，皇帝举行大朝会，即在含元殿受礼。

早朝大明宫呈两省僚友

贾至

银烛朝天紫陌长，禁城春色晓苍苍。
千条弱柳垂青琐，百啭流莺绕建章。
剑佩声随玉墀步，衣冠身惹御炉香。
共沐恩波凤池上，朝朝染翰侍君王。

【笔记】

贾至随从玄宗逃亡四川，被任命为中书舍人，知制诰。肃宗至德二年（757），郭子仪率军收复了长安，次年乾元元年（758），长安秩序恢复，朝廷出现新的气象。贾至以天子近臣咏诗祝贺。但诗的格调比较平庸。不过在当时，足以使诗人们发生极大的兴奋。名家随即唱和。

和贾舍人早朝大明宫之作

王维

绛帻鸡人报晓筹[①]，尚衣方进翠云裘[②]。
九天阊阖开宫殿，万国衣冠拜冕旒。
日色才临仙掌动，香烟欲傍衮龙浮。
朝罢须裁五色诏，佩声归向凤池头。

奉和中书舍人贾至早朝大明宫

岑参

鸡鸣紫陌曙光寒，莺啭皇州春色阑。
金阙晓钟开万户，玉阶仙仗拥千官。
花迎剑珮星初落，柳拂旌旗露未干。
独有凤凰池上客[③]，阳春一曲和皆难。

奉和贾至舍人早朝大明宫

杜甫

五夜漏声催晓箭，九重春色醉仙桃。

旌旗日暖龙蛇动，宫殿风微燕雀高。
朝罢香烟携满袖，诗成珠玉在挥毫。
欲知世掌丝纶美，池上于今有凤毛。

【注】

①鸡人：知更人，头戴红巾。

②尚衣：尚衣局，专管皇服。

③凤池客：中书舍人，清要之地，谓之凤池。

【诗评】

王岑杜三家诗：“雍容伟丽，造语堂皇，品格高尚。而且不和其韵，只和其意。”

二、诗苑贞观太平后

过魏文贞公宅

杜牧

蟪蛄宁与雪霜期，贤哲难教俗士知。
可怜贞观太平后，天且不留封德彝。

【笔记】

“文贞”是魏徵（580—643）谥号。魏徵祖贯河北晋州，生于今邢台巨鹿。从小爱读书。稍长研习“纵横之术”。隋末农民大起义爆发后，“中原初逐鹿，投笔事戎轩”。先被李密召请为帅府参军，掌书记。李密溃败后，随李密投唐。武德初被授任秘书丞。太宗继位，器重魏徵的才干和耿直，先作参事、主簿，不久升任谏议大夫。太宗屡次引魏徵入卧室，“访以得失”。魏徵遇知己之主，“知无不言”，贞观三年（629）以秘书监向太宗面陈建议有五十次，呈奏书十一件。魏徵一生谏诤达“数十万言”，从而开创了贞观时期谏诤成风的开明政治。贞观十七年（643）正月十七日，魏徵病卒，享年六十四岁。太宗论定功臣，望着凌烟阁上魏徵画像，吟诗曰：

劲条逢霜摧美质，台星失位天良臣。
唯当掩泣云台上，空对余形无复人。

杜牧七言绝句，乍看平常，内涵分量深重。特别是收尾句“天且不留封德彝”，天机就在这一句上。隋季遭炀帝暴政之乱。贞观初，人口流亡，经济凋敝，百废待兴。魏徵力谏太宗，以“偃革兴文，与民休息”为当下要务。太宗与大臣朝议国策，宰相封德彝提出：“人渐浇讹，故秦任法律，汉杂霸道，盖欲教化而不能。”魏徵批驳曰：“商汤灭夏桀，武王伐纣，大乱之后以教化致太平，若谓古人淳朴，渐至浇讹，则至于今日，当即化为鬼魅矣。人主安得而治之。”（《资治通鉴》太宗贞观四年）。朝议的结果是太宗接纳了魏徵谏义，制定了偃革兴文、与民休息的基本国策。

1. 轻徭薄赋。奖励农耕，完善隋初的“均田制”，实行租庸调赋税制，“取民有度”，一夫一妻授田一百四十亩，年租减为两石；庸，丁男年服役减定为二十天。州县不得乱加杂役，杂役十人以上者以坐赃论；调，户年缴绢（帛）二丈（半匹）。农民乐于接受，外流人口纷纷回乡力田，至贞观八、九年，频至丰稔，米斗四五钱，马牛布于野。

2. 实行经学一统，天下一统。结束东汉以来经史杂陈、师出多门，消除炀帝乱政、隋官割据的不良影响。令隋唐著名经师、博士考正经书，修成《五经定本》，编撰《五经正义》颁行天下。同时建立国史馆，隶属于门下省，宰相监修。大规模编撰宋、齐、梁、陈、隋书和晋书。贞观十年（636）编成奉报。

3. 对周边少数民族“自治小国”恩威并用，“降则抚之，叛则讨之”。当时不断兴兵犯境的是西北方面的突厥和吐谷浑。贞观三年（629），令李靖、李勣统领大军十余万，分道出击，消灭了东突厥，俘获了颉利可汉。贞观八年（634），又派大军平定了吐谷浑，解除了河西各州之威胁。贞观四年（630），四夷君长诣阙，请唐太宗为天可汗。贞观二十一年（647），诸酋长自称“唐民”，要求在回纥以南、突阙以北开一道，谓之参天可汉道。置六十八驿，各备有马和酒肉，以供过使之用。唐太宗同意了他们的要求。四夷大小君长争遣使人岁贡貂皮，入朝廷献见。每元正朝贺，常有外使数百千人。开启域外生徒入唐求学和客商入唐贸易之门。长安城逐渐成为国际大都市。

4. 尽改炀帝苛法，废除《大业律令》，命大臣长孙无忌和房玄龄与法官学士参考隋《开皇律》，本“礼法并用，德主刑辅”，意在宽平，于贞观十一年（637）修成《贞观律》（为唐律定本），颁行天下。经太宗与以魏徵为首的朝廷大臣同心同德，励精图治，二十余年间，国家政治清明，兵强国富，“东至于海，南至于岭，一派太平景象，路不拾遗，夜不避户，行旅不赍粮”，史称贞观之治。

5. 总而言之，认真推行均田制、府兵制、租庸调法、科举制等四大基本国策，增强国家实力，维护国家统一。

唐太宗在位（627—649）二十三年，天下大治，为唐朝享国二百八十九年（618—907）打下了基础，也为中国旧体诗的发展和繁盛开阔了苑地。

七德舞（美拨乱陈王业也）

白居易

七德舞，七德歌，传自武德至元和。
元和小臣白居易，观舞听歌知乐意，乐终稽首陈其事。
太宗十八举义兵，白旄黄钺定两京。
擒充戮窦四海清，二十有四功业成。
二十有九即帝位，三十有五致太平。
功成理定何神速，速在推心置人腹。
亡卒遗骸散帛收，饥人卖子分金赎。
魏徵梦见子夜泣，张谨哀闻辰日哭。
怨女三千放出宫，死囚四百来归狱。
剪须烧药赐功臣，李勣呜咽思杀身。
含血吮创抚战士，思摩奋呼乞效死。
则知不独善战善乘时，以心感人人心归，
尔来一百九十载，天下至今歌舞之。
歌七德，舞七德，圣人有作垂无极。
岂徒耀神武，岂徒夸圣文。
太宗意在陈王业，王业艰难示子孙。

【笔记】

七德舞、七德歌，乃唐开国之君高祖李渊时的乐舞。

七德，语出《左传·宣公十二年》，所谓禁暴、戢兵、保太、定功、安民、和众、丰财等七事。

白诗长于叙事，句中举例见《贞观政要》。

“贞观之治”为大唐奠基之业，对后世颇有影响，至宋代丞相王安石尚有“汝生不及贞观中，斗粟数钱无兵戎”之句。

三、王杨卢骆当时体

王勃

送杜少府之任蜀州

城阙辅三秦，风烟望五津。
与君离别意，同是宦游人。
海内存知己，天涯若比邻。
无为在歧路，儿女共沾巾。

【笔记】

从秦地（都长安）望蜀津（岷江），意境开阔，知己比邻，海内天涯。名诗名句，四杰之首。

滕王阁[①]

滕王高阁临江渚，佩玉鸣鸾罢歌舞。
画栋朝飞南浦云，珠帘暮卷西山雨。
闲云潭影日悠悠，物换星移几度秋。
阁中帝子今何在？槛外长江空自流。

【注】

①滕王：高祖李渊子李元婴，任洪都都督时建此阁。

【笔记】

此诗作于高宗上元三年（676），王勃赴交趾探亲，早崔颢《黄鹤楼》诗和李白《凤凰台》诗七八十年。王勃的七言古诗体式已相当成熟。

山中

长江悲已滞，万里念将归。
况属高风晚，山山黄叶飞。

【笔记】

约作于被贬出朝后客居巴蜀时。“作诗本乎情景，此诗前半抒情，后半写景，情景交合，惜墨如金。”

杨炯

从军行

烽火照西京，心中自不平。
牙璋辞凤阙，铁骑绕龙城。
雪暗凋旗画，风多杂鼓声。
宁为百夫长，胜作一书生。

【笔记】

笔力雄劲，格调刚健慷慨，足以涤荡唐初延习的绮靡诗风。

卢照邻

梅花落（五古）

梅岭花初发，天山雪未开。
雪处疑花满，花边似雪回。
因风入舞袖，杂粉向妆台。
匈奴几万里，春至不知来。

【笔记】

起句造景高远。

曲池荷（五绝）

浮香绕曲岸，圆影覆华池。
常恐秋风早，飘零君不知。

【笔记】

曲池晚上观荷，只写浮香飘溢池上。

骆宾王

在狱咏蝉

西陆蝉声唱，南冠客思侵。
那堪玄鬓影，来对白头吟。
露重飞难进，风多响易沉。
无人信高洁，谁为表予心？

【笔记】

初唐四杰人物有争论。就诗而言，他们不满当时纤丽绮靡诗风，曾在诗的内容和形式上做过颇有成效的开拓和创新。风格刚健，慷慨激昂，律诗初现，对仗、节奏、气势，开一代新风。

夜宿七盘岭

沈佺期

独游千里外，高卧七盘西。
晓月临窗近，天河入户低。
芳春平仲绿，清夜子规啼。
浮客空留听，褒城闻曙鸡。

代悲白头翁

刘希夷

洛阳城东桃李花，飞来飞去落谁家？
洛阳女儿惜颜色，坐见落花长叹息。
今年花落颜色改，明年花开复谁在？
已见松柏摧为薪，更闻桑田变成海。
古人无复洛城东，今人还对落花风。
年年岁岁花相似，岁岁年年人不同。
寄言全盛红颜子，应怜半死白头翁。
此翁白头真可怜，伊昔红颜美少年。
公子王孙芳树下，清歌妙舞落花前。
光禄池台文锦绣，将军楼阁画神仙。
一朝卧病无相识，三春行乐在谁边？
宛转蛾眉能几时？须臾鹤发乱如丝。
但看古来歌舞地，唯有黄昏鸟雀悲。

【笔记】

三对精警名句，年年岁岁两番颠倒，音韵回荡优美，脍炙人口，流传千载。

【读后记】

唐朝经太宗贞观之治、高宗贞观移风，尽管“宫斗”不断，但大政方针未改，经济、文化欣欣向荣。官宦庶民心气高，一派向上的势头。此诗可见诗风清丽、明快，生气勃勃。为“盛唐诗”之前奏。

送杜审言

宋之问

卧病人事绝，嗟君万里行。
河桥不相送，江树远含情。
别路追孙楚，维舟吊屈平。
可惜龙泉剑，流落在丰城。

【笔记】

宋之问与沈佺期，同生同榜，同致力律诗研究，皆以对仗工整、押韵合辙见长。杜审言，杜甫祖父，高宗时进士，诗肩四杰，为官两起两落，官至修文馆直学士。

和晋陵陆丞早春游望

杜审言

独有宦游人，偏惊物候新。
云霞出海曙，梅柳渡江春。
淑气催黄鸟，晴光转绿蘋。
忽闻歌古调，归思欲沾襟。

【笔记】

格律严谨，诗风端正。江南虽美而非吾土，不如归去。惊心而不快，赏心而不乐，意味凄凉伤感。

渡湘江

杜审言

迟日园林悲昔游，今春花鸟作边愁。
独怜京国人南窜，不似湘江水北流。

登幽州台歌

陈子昂

前—不见—古人，后—不见—来者。
念—天地—之—悠悠，独—怆然—而—涕下！

【笔记】

诗人无可奈何，慢慢长叹！

春夜别友人（二首之一）

陈子昂

银烛吐青烟，金樽对绮筵。
离堂思琴瑟，别路绕山川。
明月隐高树，长河没晓天。
悠悠洛阳道，此会在何年。

春江花月夜

张若虚

春江潮水连海平，海上明月共潮生。
滟滟随波千万里，何处春江无月明！
江流宛转绕芳甸，月照花林皆似霰。
空里流霜不觉飞，汀上白沙看不见。

（以上八句写五种景物大画面，四句远景，四句近景。前两句写春江势头，汹涌向上。）

江天一色无纤尘，皎皎空中孤月轮。
江畔何人初见月？江月何年初照人？
人生代代无穷已，江月年年望相似。
不知江月待何人，但见长江送流水。

（以上八句，诗人突发奇想，意境梦幻。）

白云一片去悠悠，青枫浦上不胜愁。
谁家今夜扁舟子？何处相思明月楼？
可怜楼上月徘徊，应照离人妆镜台。
玉户帘中卷不去，捣衣砧上拂还来。

此时相望不相闻，愿逐月华流照君。
鸿雁长飞光不度，鱼龙潜跃水成文。
昨夜闲潭梦落花，可怜春半不还家。
江水流春去欲尽，江潭落月复西斜。
斜月沉沉藏海雾，碣石潇湘无限路。
不知乘月几人归，落月摇情满江树。

（作者从梦幻般奇想中回到现实生活。月色撩人，游子思归，竟夜相思。）

【笔记】

唐人执意创新，此诗体式应是乐府，但乐府无这一派端庄气度，句法也有连环叠句，但韵味幽雅，不俗不村。全诗整体格调是向上的。情景交融，诗情画意都是活生生的。此诗大约写于公元689年间，至《红楼梦》时代一千多年，曹雪芹塑造的女主角林黛玉拟此诗格，作《秋窗风雨夕》，可见张若虚《春江花月夜》影响之深远。所谓“孤篇横绝，竟成大家”，不妄言也！

把酒问月

李白

青天有月来几时，我今停杯一问之。
人攀明月不可得，月行却与人相随。
皎如飞镜临丹阙，绿烟灭尽清辉发。
但见宵从海上来，宁知晓向云间没。
白兔捣药秋复春，嫦娥孤栖与谁邻。

今人不见古时月，今月曾经照古人。
古人今人若流水，共看明月皆如此。
唯愿当歌对酒时，月光长照金樽里。

【笔记】

此诗可与《春江花月夜》“江畔何人初见月”四句参照。

四、盛唐诸公

【题记】

严羽在《沧浪诗话》中，常把汉魏诗的风骨和盛唐诗的意象并举为“诗范”。多次提到：盛唐诸公，唯兴趣，如羚羊挂角，无迹可寻，其处莹彻玲珑，如空中之音，相中之色，水中之月，镜中之象，言有尽而意无穷。他注重的是艺术境界之高妙。而我们注重的是唐诗的社会性、时代性，现实主义和浪漫主义融合一体。它的创新精神、进取精神，绝不重复别人，宁可读山水、读天地、读人心、读自己。唐诗词语多出于心，李白、杜甫最是典范。所以，唐诗的气度、风致、韵味，自是唐人特色。即使是一般诗人之诗，听罢开头两句，便可品味出是唐人作品。

贺知章

回乡偶书二首

一

少小离家老大回，乡音无改鬓毛衰。
儿童相见不相识，笑问客从何处来。

二

离别家乡岁月多，近来人事半消磨。
唯有门前镜湖水，春风不改旧时波。

【笔记】

贺知章于天宝三载（744）告老还乡。一句“儿童相见不相识”，久离家乡之人，心情伤感，但情趣盎然。

贺家在浙江绍兴会稽，门对镜湖，真是个优美之地。数十年间多少事，而镜湖依然还是“旧时波”。贺知章本乎天成，妙手偶然得之。

短诗、细事，仍然显出仪态从容，小诗大“器”，这就是唐人整体之诗性。

刘晏

咏王大娘戴竿

楼前百戏竞争新[①]，唯有长竿妙入神。
谁谓绮罗翻有力，犹自嫌轻更著人。

【注】

①楼前：勤政楼前。玄宗诸王与贵妃看百戏。

张说

踏歌词（二首之一）

花萼楼前雨露新，长安城里太平人。
龙衔火树千重焰，鸡踏莲花万岁春。

咏方园动静

【题记】

李泌七岁举神童，唐玄宗召他进宫面试。泌应召入宫，正值玄宗与宰相张说下围棋。玄宗让张说试李泌，张说乃以“方园动静”为题。

张说：方如棋局，圆如棋子。动如棋生，静如棋死。

李泌：方如行义，圆如用智。动如逞才，静如遂意。

【笔记】

宰相立即向皇帝称贺：“这真是圣明时代的大喜事呀！”玄宗赏赐李泌，录取他到东宫陪太子读书。之后，李泌成长为著名政治家，佐肃宗、代宗和德宗三朝。李泌身份很高，但坚持不掌实权，不操政务。平时巡游各地，朝中宦官、地方藩镇互斗，与之毫不相干。每当皇帝危机深重，他便飘然而来，从旁加以点拨；危机过后，又去巡游。李泌真是个半仙之体。他青年时代曾作过一首《长歌行》：

天覆吾，地载吾，天地生吾有意无。
不然绝粒升天衢，不然鸣珂游帝都。
焉能不贵复不去，空作昂藏一丈夫。
一丈夫兮一丈夫，平生气志是良图。
请君看取百年事，业就扁舟泛五湖。

范文澜在《中国通史简编》中首次介绍此人。

和尹从事懋泛洞庭

平湖一望上连天，林景千寻下洞泉[①]。
忽惊水上光华满，疑是乘舟到日边。

【注】

①寻：长度单位。八尺为一寻。

送梁六自洞庭山作

巴陵一望洞庭秋，日见孤峰水上浮。
闻道神仙不可接，心随湖水共悠悠。

【笔记】

张说此时谪居岳州（即岳阳）。洞庭山即君山。在水上漂浮着。传说是湘君、湘夫人住处，这神仙是虚幻的。通体散行，风致天然，意于言外，盛唐兴象风神。

蜀道后期

客心争日月，来往预期程。
秋风不相待，先到洛阳城。

【笔记】

此诗为张说早期作品，时其家在洛阳，出使西川，旅外者的心情，“争日月”。预早回，结果“后期（迟到预期）”。秋风起（秋凉）才回到洛阳。此时张说诗艺和才气已经成熟。

【附简介】

张说（667—731），世居河东，后迁洛阳。垂拱四年（688），武则天试贤良方正，亲临洛阳城南门主考。张说应诏对策为第一名，授太子校书，迁右补阙。奉诏修《三教珠英》，以文思博要为本，加姓氏、亲族二部，书成迁右史、内供奉，兼知考功贡举事，擢凤阁舍人。张昌宗诬宰相魏元忠谋反，逼张悦作证，张悦坚执实情，面折张昌宗陷害大臣的阴谋，事后被女皇流放岭外。

唐中宗复位，张说入为兵部员外郎，迁兵部侍郎，弘文馆学士。景云元年（710），唐睿宗即位，张说迁中书侍郎兼雍州长史。审理谯王李重福潜入东都谋夺皇位案，审清全部罪状，误扑下狱者无罪释放，深受睿宗嘉奖。翌年进同中书门下评章事。监修国史。李隆基作太子，张说为侍读。谗人设计谣言阴谋离间皇帝与太子。张说请睿宗使太子监国，谣言立止。睿宗乃令太子接位。玄宗继位后，张说即日拜中书令，封燕国公。后与姚崇（为相）不合，被贬为岳州刺史，充河北道按察使。开元八年（720），朔方大使勾结突厥，谋陷军城。张说只带二十从骑，持节安抚各部，叛者柔服。开元十年（722），巡边平叛俘获三千人，迁河曲六州五万余户往许、汝、唐、邓、仙、豫等州。张说在边数年，驻兵增至十万。

张说一生，三任宰相，擅长文学，掌文学三十多年，助成文治有功。开元盛世文质彬彬，张说之功居多，是推动开元之治的重要人物。

崔颢

行经华阴

岧峣太华俯咸京，天外三峰削不成。
武帝祠前云欲散，仙人掌上雨初晴。
河山北枕秦关险，驿树西连汉畤平。
借问路傍名利客，无如此处学长生。

【笔记】

崔颢入京都长安（咸京），行程必经过华山——五岳之一。华山三峰（芙蓉、玉女、松桧）、武帝祠［汉武帝在华山建巨灵（神）祠称武帝祠］、仙人掌等，都是华山胜境。落笔第一句就是神山圣境居高俯压帝京，气势够大。随后写各个险景和幻境，天外三峰鬼斧补工筑就，非人力之所成。“仙人掌上雨初晴”，雨洗光照，武帝祠云烟缭绕，构成梦中的太虚幻境。西岳华山实实在在直立于京畿大地上，再加黄河、华山北枕秦关，河山必稳如磐石，大唐京都巍巍然雄视天下，一统江山。

黄鹤楼

昔人已乘黄鹤去，此地空余黄鹤楼。
黄鹤一去不复返，白云千载空悠悠。
晴川历历汉阳树，芳草萋萋鹦鹉洲。

日暮乡关何处是？烟波江上使人愁。

【笔记】

严羽《沧浪诗话》：唐人七言律诗，当以崔颢《黄鹤楼》为第一。

黄鹤楼因在武昌黄鹤山而得名。

诗文以气为主。前四句脱口而出，顺势而下。沈得潜评曰：此诗意得象先，神行语外，纵笔写去，遂擅千古之奇。有一种渺渺茫茫，神化般境界。

崔颢开元十一年（723）进士，官止太仆丞，司勋员外郎。诗名很大，李白来黄鹤楼叹服："眼前有景道不得，崔颢题诗在上头。"

王之涣

登鹳雀楼

白日依山尽，黄河入海流。
欲穷千里目，更上一层楼。

【笔记】

鹳雀楼旧址在山西蒲州（今永济）。高阜处，时有鹳雀栖其上。北宋沈括《梦溪笔谈》记述："河中府鹳雀楼高三层，前瞻中条山，下瞰大河，唐人留诗多。”王之涣这一首为众诗之冠。白日下山黄河入海，万里河水尽收入十个字之中。千年之后人读了胸襟为之一开。杜甫诗曰“尤工远势古莫比，咫尺应须论万里”。此诗作到缩万里于咫尺，使咫尺有万里之势。王诗句式工整，厚重有力，景象雄大，诗境壮阔，充分显示盛唐之雄。

凉州词（二首之一）

黄河远上白云间，一片孤城万仞山。
羌笛何须怨杨柳，春风不度玉门关。

【笔记】

盛唐之盛，在于诗境开阔，立意高远。这一段黄河没有障眼之物，远上白云间，与天粘连在白云之中了。无风浪，无咆哮，白云所在，悠哉悠哉。静态的黄河，别样之美。王维讲幽静“空山”，这里是悠静黄河。

祖咏

终南望余雪

终南阴岭秀，积雪浮云端。
林表明霁色，城中增暮寒。

【笔记】

《唐诗纪事》记载，这一首诗是祖咏应试之作。唐科举制度最初试五项，即口试、贴经、墨义、策问、杂文，并无诗赋。杂文即箴、铭、论、表之类的文章两篇。高宗永徽间始有诗作。后来，诗歌大发展，到玄宗时促使取消杂文等考诗赋。所以，我的看法是诗赋给科举添了风采。开元十二年（724）进士科试题《终南望余雪》，规定六韵十二句。但他只作四句，四句就交卷。考官诘问他，何以离格？他的回答只有两个字："意尽"。而这四句二十个字却是字字珠玑，含意极富，把终南山积雪表现得别出新意。阴岭秀，背面（才有）积雪，山更秀。浮云端，示其高，余雪像白云浮动起来，虽然是背面看山，当雪晴时，林表也显现阳光（须晴日，看红装素裹，分外妖娆）。考试顺利通过。此诗在毛主席《咏雪》之前一直被誉为诗中"咏雪最佳"。

望蓟门

燕台一去客心惊，笳鼓喧喧汉将营。
万里寒光生积雪，三边曙色动危旌。
沙场烽火连胡月，海畔云山拥蓟城。
少小虽非投笔吏，论功还欲请长缨。

【笔记】

开元间，祖咏游历范阳时所作。此地是"燕云十六州"中心，为防御契丹之重镇。燕台是燕昭王筑的"黄金台"，取这一宏大地名开篇，可增加全诗气势。"万里雪光"是在冬季朔方艰苦环境。营地上笳鼓喧天，军威赫赫，雪光、月光、火光连成一片。指挥中心在渤海、燕山拱卫下，形势凛凛然，不可侵犯，压镇住边地之敌。诗人受边地昂扬气氛的感染，不禁想起班超那样投笔从戎，建功立业，向皇帝请得长缨在手，缚住侵扰边境之敌。盛唐之诗就是这样的生机勃勃。

张继

枫桥夜泊

月落乌啼霜满天，江枫渔火对愁眠。
姑苏城外寒山寺，夜半钟声到客船。

【笔记】

张继，河南南阳人。玄宗天宝十二载（753）进士，曾任检校祠部员外郎，洪州盐铁判官。

枫桥在苏州城郊，寒山寺在苏州城西十里处。张继到此地游览，船停泊枫桥下。月落、乌啼，入夜了，霜满天是看不到的，是诗人冷凄凄凉森森的感觉。江枫、渔火增加了愁绪，眠而不睡，夜半钟声传来更加悲凉。诗人愁肠百结，为什么呢？张继中进士的第二年，“安史之乱”暴发，打了八年方才平定，使国家伤了元气，由盛转衰。宦官专权弊政百端，有责任心的诗人能不愁吗！寒山寺、枫桥随着夜半钟声名传天下。

张九龄

望月怀远

海上生明月，天涯共此时。
情人怨遥夜，竟夕起相思。
灭烛怜光满，披衣觉露滋。
不堪盈手赠，还寝梦佳期。

【笔记】

此诗意境开阔，诗句清新，气象高洁。“天涯共此时”，五个字无限人间真情。善哉，盛唐宰相。

王维

开元状元王维，字摩诘。今太原人。九岁知属辞。开元九年（721）登高第，诗名重盛唐，高风高节。

九月九日忆山东兄弟

独在异乡为异客，每逢佳节倍思亲。
遥知兄弟登高处，遍插茱萸少一人。

【笔记】

开元六年（718），王维十七岁，游长安，谋功名。此时九九日，登华山，忽思家思亲。只身在外漂游，异乡异客，独自登高，如此孤单，兄弟相伴又是何等趣味！

送元二使安西

渭城朝雨浥轻尘，客舍青青柳色新。
劝君更尽一杯酒，西出阳关无故人。

【笔记】

平常的送别，清新明朗的笔调，哀而不伤。“劝君”一句话，大唐诗歌气象，传唱久远。

鸟鸣涧

人闲桂花落，夜静春山空。
月出惊山鸟，时鸣春涧中。

【笔记】

鸟鸣涧，春涧幽静。

鹿柴

空山不见人，但闻人语响。
返景入深林，复照青苔上。

【笔记】

鹿柴，辋川地名。此为王维代表作。

山居秋暝

空山新雨后，天气晚来秋。
明月松间照，清泉石上流。
竹喧归浣女，莲动下渔舟。
随意春芳歇，王孙自可留。

【笔记】

《楚辞》：“王孙游兮不归，春草生兮萋萋。”

辋川闲居赠裴秀才迪

寒山转苍翠，秋水日潺湲。
倚杖柴门外，临风听暮蝉。
渡头余落日，墟里上孤烟。
复值接舆醉，狂歌五柳前。

【笔记】

以上四首，皆辋川别墅特有的静谧、清幽、天然之美。

使至塞上

单车欲问边，属国过居延。
征蓬出汉塞，归雁入胡天。
大漠孤烟直，长河落日圆。
萧关逢候骑，都护在燕然。

【笔记】

开元二十五年（737），王维任监察御史，奉旨出塞，宣慰西川节度使。

汉江临泛

楚塞三湘接，荆门九派通。
江流天地外，山色有无中。
郡邑浮前浦，波澜动远空。
襄阳好风日，留醉与山翁。

【笔记】

汉江雄浑壮阔，江势浩荡，山色迷蒙，千古绝唱。

【附简介】

王维（701？—761），祖贯太原祁（今山西），父官终汾州司马，徙家蒲州（今山西永济）。王维十七岁作《九月九日登高》“每逢佳节倍思亲”，由此诗名远扬。精通音乐，善弹琵琶，宦游长安，与皇室岐王、宁王、玉真公主相善，曾在公主面前弹奏一曲《郁轮袍》，“声调哀切，满座动容”。王维才学过人，名动京都，开元九年（721）举进士状元及第。通过吏部“释褐试”，授官太乐丞。因廷制擅自令舞“黄狮子”而被出为济州司仓参军。开元二十二年（734），张九龄为相，荐引为右拾遗。开元二十五年（737）转监察御史，历转左补阙、库部郎中、吏部郎中、给事中。天宝末（756），安禄山叛军攻陷潼关，玄宗仓皇逃往成都，王维为叛军所俘。安禄山宴群僚，召梨园弟子奏乐，乐工雷海扔下乐器，向西恸哭，被安禄山肢解而死。王维闻知很悲痛，便写诗道：“万户伤心生野烟，百官何日再朝天？秋槐叶落空宫里，凝碧池头奏管弦。”这首诗足证王维的忠诚，免遭重谴。乾元中（758—760），迁任太子中庶子、中书舍人。不久再迁给事中，转尚书右丞。王维信佛，每当退朝便点起香，独自静坐。妻亡三十多年未续娶。上元二年（761），王维病卒，终年六十一岁。在当时也算高寿。开元中存诗百十余首。安史乱后，十不存一。王维多才艺，尤以诗画著称。他擅长五言，又通音乐，易于合唱。《唐诗纪事》评价说：“维诗辞委调雅，意新理惬，在泉为珠，着壁成画，一字一句，皆出常境。所画山水松石，风标特出，妙为上上品。”苏轼在《书摩诘蓝田烟雨图》中评论说：“味摩诘之诗，诗中有画；观摩诘之画，画中有诗。”可见其造诣之深。史称“王维在盛唐开元、天宝中，可称天下文宗”（唐代宗语）。

诗圣杜甫

杜甫生于唐玄宗的开元全盛日（712），祖上西晋名臣。祖父诗人杜审言，父官兖州司马，母崔氏世家大族。杜甫家世“奉儒守官”。七岁“开口咏凤凰”，九岁“有作成一囊”，十四五岁“出游翰墨场”。开元二十四年（736），杜甫第一次考试落榜，蔑视考官，出游齐鲁之地，作著名五言律诗《望岳》：

岱宗夫如何？齐鲁青未了。
造化钟神秀，阴阳割昏晓。
荡胸生层云，决眦入归鸟。
会当凌绝顶，一览众山小。

字里行间充满着青年的蓬勃朝气。泰山南为鲁，北为齐，泰山横亘在两大古国之间，果然是五岳之首。此诗使杜甫青春成名。明代诗人有句：“齐鲁到今青未了，题诗谁继杜陵人？”

天宝六载（747），玄宗诏告天下：“通一艺者诣京师就选。”对选人的要求并不高。此时佞人李林甫为相，有意压制人才，选试结果是“布衣之士，无有第者”，表贺玄宗盛世“野无遗贤”。杜甫不服气，“卖药都市，寄食友朋”，因守长安十余年，到天宝十载（751），机会终于来了。玄宗于正月间连续三天举行祭祀玄元皇帝。朝廷在太庙举行盛典，杜甫上“三大礼赋”，颇受玄宗赏识，命宰相在集贤院召试。宰相奏报：“名实相副，送有司参列选序。”杜甫一直等待。几个月后就发生了安史之乱。杜甫颠沛流离，目睹长安和乡间百姓遭兵火之灾，以强烈的爱国之心，写出了一系列“诗史”佳作。比如：

春望

国破山河在，城春草木深。
感时花溅泪，恨别鸟惊心。
烽火连三月，家书抵万金。
白头搔更短，浑欲不胜簪。

还有五言长句《自京赴奉先县咏怀五百字》《北征》《羌村三首》等。《北征》全文七百字，是杜甫“奉命”回鄜州探家时作，摘句如“靡靡逾阡陌，人烟眇萧瑟。所遇多被伤，呻吟更流血”，“夜深经战场，寒月照白骨”。

乾元元年（758）九月，肃宗调动九个节度数十万兵力，如老谋善战的大将郭子仪、李光弼，但肃宗不给他们军权，不设主帅，却让宦官鱼朝恩为观军容使，总揽全局。九节度围困邺城，叛军头子安庆绪饥饿吃鼠肉，正是破城良机，而鱼朝恩不知大军如何指挥，失去战机，史思明援军赶到。乾元二年（759）三月三日，唐军数十万（有史书称六十万）官军无人统一指挥，遭到大溃败。杜甫这时在兵荒马乱中经新安、石壕、潼关回到华州，一路看到百姓所遭战乱之害，写成著名的记事名篇“三吏”（《新安吏》《石壕吏》《潼关吏》）、“三别”（《新婚别》《垂老别》《无家别》），呈现出百姓惨状，恶吏们不顾百姓死活强行征兵、抓夫，也显示出民众在国难当头勇于献身的爱国牺牲精神。举例：

石壕吏

暮投石壕村，有吏夜捉人。
老翁逾墙走，老妇出门看。
吏呼一何怒！妇啼一何苦！
听妇前致词：三男邺城戍。
一男附书至，二男新战死。
存者且偷生，死者长已矣！
室中更无人，惟有乳下孙。
有孙母未去，出入无完裙。
老妪力虽衰，请从吏夜归。
急应河阳役，犹得备晨炊。
夜久语声绝，如闻泣幽咽。
天明登前途，独与老翁别。

无家别

寂寞天宝后，园庐但蒿藜。我里百余家，世乱各东西。
存者无消息，死者为尘泥。贱子因阵败，归来寻旧蹊。
久行见空巷，日瘦气惨凄。但对狐与狸，竖毛怒我啼。
四邻何所有，一二老寡妻。宿鸟恋本枝，安辞且穷栖。
方春独荷锄，日暮还灌畦。县吏知我至，召令习鼓鞞。
虽从本州役，内顾无所携。近行止一身，远去终转迷。
家乡既荡尽，远近理亦齐。永痛长病母，五年委沟溪。

生我不得力，终身两酸嘶。人生无家别，何以为烝黎。

军人从征还乡，见家园荡然无存。去时老母在病中，回来老母早死而扔在沟子里了。县令闻知军人回来，又征其作军人，先在本县服役，终究还要远征。病亲皆无，这一次无家可别，也就无牵挂了。

清人评曰：无家而遣之从征，极不堪事也。……写至此，可以泣鬼神矣。

唐肃宗李亨，胸襟狭隘。在战乱紧迫之时匆匆登位，收复两京之后，叛军败象已见，他迫不及待与宦官李辅国等人罗织“房党”，即以宰相房琯为首的忠于上皇李隆基的老臣如刘秩、严武、贾至等人，杜甫曾为营救房琯上本章，也把他列入房党。乾元元年（758）六月，肃宗下诏，贬房琯为邠州刺史，刘秩为阆州刺史，严武为巴州刺史，贾至为汝州刺史，杜甫为华州（陕西华县）司功参军。乾元二年（759）七月，杜甫决定辞去华州这个小官，携家人经秦州到同谷。十二月一日，启程赴成都，投奔严武。一路走来写了二十四首纪行诗，描述陇、秦、蜀三省的高山大川，如《木皮岭》“始知五岳外，别有他山尊”，嘉陵江《水会渡》“大江动我前，汹若溟渤宽”，汉中《飞仙阁》“土门山行窄，微经缘秋毫。栈云阑干峻，梯石结构牢”。入川后作《剑门》：“连山抱西南，石角皆北向。两崖崇墉倚，刻画城郭状。一夫怒临关，百万未可傍。”

杜甫入蜀后，友人严武已升任东西两川节度使。762年四月，玄宗、肃宗父子相连去世，太子李豫继位为代宗，命长子李适为天下兵马大元帅，仆固怀恩为副元帅，讨伐叛军史朝义。广德元年（763）正月，河南河北各州全部收复，捷报传来，杜甫作成“平生第一快诗”：

闻官军收河南河北

剑外忽传收蓟北，初闻涕泪满衣裳。
却看妻子愁何在，漫卷诗书喜欲狂。
白日放歌须纵酒，青春作伴好还乡。
即从巴峡穿巫峡，便下襄阳向洛阳。

广德二年（764）三月，严武启奏杜甫为节度参谋、检校工部员外郎。永泰元年（765）四月，严武暴卒（享年四十岁）。杜甫居蜀五年，是他人生较为安定快乐的五年，居蜀期间创作了大量优秀诗篇：

卜居

浣花流水水西头，主人为卜林塘幽。
已知出郭少尘事，更有澄江销客愁。
无数蜻蜓齐上下，一双鸂鶒对沉浮。
东行万里堪乘兴，须向山阴上小舟。

【笔记】

有了栖身之处，忙着种树、种竹、耘菜，不经意间吟咏小诗：“圆荷浮小叶，细麦落轻花”，“舍南舍北皆春水，但见群鸥日日来”，“昼引老妻乘小艇，晴看稚子浴清江”。

堂成

背郭堂成荫白茅，缘江路熟俯青郊。
桤林碍日吟风叶，笼竹和烟滴露梢。
暂止飞乌将数子，频来语燕定新巢。
旁人错比扬雄宅，懒惰无心作解嘲。

【笔记】

用了三个月工夫，筑成今日成旅游景点的“杜甫草堂”。“八月秋高风怒号，卷我屋上三重茅”，那才是当年的草堂。草堂位置在成都郊外，邻近锦江，百花潭北，“万里桥西一草堂”。

吟风叶、滴露，是倒语；乌飞燕语，喻自己携妻子卜居、修建草堂“营窝”。只是避乱偷生之所非比扬雄的“扬子居”，也无心效仿扬雄作《解嘲》。

戏为六绝句

一

庾信文章老更成，凌云健笔意纵横。
今人嗤点流传赋，不觉前贤畏后生。

二

王杨卢骆当时体，轻薄为文哂未休。
尔曹身与名俱灭，不废江河万古流。

三

纵使卢王操翰墨，劣于汉魏近风骚。
龙文虎脊皆君驭，历块过都见尔曹。

四

才力应难夸数公，凡今谁是出群雄。
或看翡翠兰苕上，未掣鲸鱼碧海中。

五

不薄今人爱古人，清词丽句必为邻。
窃攀屈宋宜方驾，恐与齐梁作后尘。

六

未及前贤更勿疑，递相祖述复先谁。
别裁伪体亲风雅，转益多师是汝师。

【笔记】

此诗感时论艺。如围炉闲话，饮茶谈心。前三首评论作家，后三首论诗宗旨。比如初唐四杰，他们被当时达人嗤笑不休，作诗的人、晒诗的人都不存在了，他们的诗却如不废江河，万古流传。

春夜喜雨

好雨知时节，当春乃发生。
随风潜入夜，润物细无声。
野径云俱黑，江船火独明。
晓看红湿处，花重锦官城。

【笔记】

民谚言："春雨贵如油。"春雨知时令，懂人性似的，不声不响，悄悄地"潜入夜"，无声地滋润春生的万物。诗格如人格，有一个新成语叫作"文化人格"。

永泰元年（765）四月，严武病卒，杜甫在成都无所依靠。五月，携家沿岷江东下。逗留夔府，出峡入湘，想投靠的亲友相继去世，只好漂泊湘水之上。一路诗作如泉，尤其夔州滞留期间，七言律诗标格艺术达到了顶峰。

旅夜书怀

细草微风岸，危樯独夜舟。
星垂平野阔，月涌大江流。
名岂文章著，官应老病休。
飘飘何所似，天地一沙鸥。

【笔记】

这一首五律，与王维、李白不约而同写江写月，"江流天地外""江入大荒流"，加上此诗"月涌大江流"，各尽其妙！

安史之乱中，杜甫朝拜肃宗，授左拾遗，三年后解官回蜀。严武去世，杜甫乃携家东下，随长江漫游，写下平生最壮丽的诗篇。然后去世了。

阁夜

岁暮阴阳催短景，天涯霜雪霁寒宵。
五更鼓角声悲壮，三峡星河影动摇。
野哭千家闻战伐，夷歌数处起渔樵。
卧龙跃马终黄土，人事音书漫寂寥。

【笔记】

杜甫离蜀后，曾客居夔州西阁。安史之乱，大唐王朝由盛转衰。

登高

风急天高猿啸哀，渚清沙白鸟飞回。
无边落木萧萧下，不尽长江滚滚来。
万里悲秋常作客，百年多病独登台。
艰难苦恨繁霜鬓，潦倒新停浊酒杯。

【笔记】

明代中后期诗文巨匠胡应麟曰：“老杜七言律全篇可法者，《紫宸殿退朝》《九日》《登高》《送韩十四》《香积寺》《玉台观》《登楼》《阁夜》《崔氏庄》《秋兴八篇》。气象雄盖宇宙，法律细入毫芒，自是千秋鼻祖。”

九日蓝田崔氏庄

老去悲秋强自宽，兴来今日尽君欢。
羞将短发还吹帽，笑倩旁人为正冠。
蓝水远从千涧落，玉山高并两峰寒。
明年此会知谁健？醉把茱萸仔细看。

【笔记】

尾联悲天悯人。

送韩十四江东觐省

兵戈不见老莱衣，叹息人间万事非。
我已无家寻弟妹，君今何处访庭闱？
黄牛峡静滩声转，白马江寒树影稀。
此别应须各努力，故乡犹恐未同归。

【笔记】

此诗作于安史之乱中。韩十四走水路下，过长江三峡。白马江在蜀州境内。

秋兴八首

一

玉露凋伤枫树林，巫山巫峡气萧森。
江间波浪兼天涌，塞上风云接地阴。
丛菊两开他日泪，孤舟一系故园心。
寒衣处处催刀尺，白帝城高急暮砧。

【笔记】

序曲，起兴。

二

夔府孤城落日斜，每依北斗望京华。
听猿实下三声泪，奉使虚随八月槎。
画省香炉违伏枕，山楼粉堞隐悲笳。
请看石上藤萝月，已映洲前芦荻花。

【笔记】

身在孤城，长夜不寐。

三

千家山郭静朝晖，日日江楼坐翠微。
信宿渔人还泛泛，清秋燕子故飞飞。
匡衡抗疏功名薄，刘向传经心事违。

同学少年多不贱，五陵衣马自轻肥。

【笔记】

晨曦中独坐江楼，思绪绵绵。

四

闻道长安似弈棋，百年世事不胜悲。
王侯第宅皆新主，文武衣冠异昔时。
直北关山金鼓振，征西车马羽书驰。
鱼龙寂寞秋江冷，故国平居有所思。

【笔记】

都城争夺，国运若何？

五

蓬莱宫阙对南山，承露金茎霄汉间。
西望瑶池降王母，东来紫气满函关。
云移雉尾开宫扇，日绕龙鳞识圣颜。
一卧沧江惊岁晚，几回青琐点朝班。

【笔记】

宫殿壮丽，得识圣颜。

六

瞿塘峡口曲江头，万里风烟接素秋。
花萼夹城通御气，芙蓉小苑入边愁。
珠帘绣柱围黄鹄，锦缆牙樯起白鸥。
回首可怜歌舞地，秦中自古帝王州。

【笔记】

忧乐引来边愁，帝王州被祸。

七

昆明池水汉时功，武帝旌旗在眼中。
织女机丝虚夜月，石鲸鳞甲动秋风。
波漂菰米沉云黑，露冷莲房坠粉红。
关塞极天惟鸟道，江湖满地一渔翁。

八

昆吾御宿自逶迤，紫阁峰阴入渼陂。
香稻啄余鹦鹉粒，碧梧栖老凤凰枝。
佳人拾翠春相问，仙侣同舟晚更移。
彩笔昔曾干气象，白头吟望苦低垂。

【笔记】

望京华毕，白头低垂，忠贞体国老诗人。第八首是结尾，整个乐章完结。从长安昆吾写起，回到眼前。

以上《阁夜》及《秋兴》八首可为杜诗在艺术上最高成就。杜甫之伟大，之所以负“诗圣”之名，是忧国家之所忧，患人民之所患。用今天的话说，就是个世界观、人生观问题。三百年后宋代的大诗人苏轼有两句话：“天下几人学杜甫，谁得其皮谁得骨。”得其皮不易，得其骨就更难了。

孟浩然

春晓

春眠不觉晓，处处闻啼鸟。
夜来风雨声，花落知多少。

【笔记】

孟浩然，襄阳人，诗名与王维比肩。世评其诗“其淡如水，其味弥长”。其《春晓》四句二十字，写出了他自己的春景，广为传唱千年。

宿建德江

移舟泊烟渚，日暮客愁新。
野旷天低树，江清月近人。

与诸子登岘山

人事有代谢，往来成古今。

江山留胜迹，我辈复登临。
水落鱼梁浅，天寒梦泽深。
羊公碑尚在，读罢泪沾襟。

望洞庭湖赠张丞相

八月湖水平，涵虚混太清。
气蒸云梦泽，波撼岳阳城。
欲济无舟楫，端居耻圣明。
坐观垂钓者，徒有羡鱼情。

晚泊浔阳望庐山

挂席几千里，名山都未逢。
泊舟浔阳郭，始见香炉峰。
尝读远公传，永怀尘外踪。
东林精舍近，日暮空闻钟。

呈玄宗

北阙休上书，南山归敝庐。
不才明主弃，多病故人疏。
白发催年老，青阳逼岁除。
永怀愁不寐，松月夜窗虚。

【笔记】

孟夫子生四十岁方进京求官。此时李林甫为相，张九龄为李林甫所谗，罢相。玄宗朝进入多事之秋，乱象丛生，杜甫、孟浩然试皆不第。孟浩然每被王维约至内署，恰遇玄宗至维处，王维遂荐浩然，玄宗索诗文阅，浩然乃口诵上面五律（原题《岁暮归南山》），玄宗听后生气地说："卿不求仕而朕未弃卿，奈何诬我？"从此永不为用。孟乃终生不仕。李白与孟投缘，曾赠诗曰："吾爱孟夫子，风流天下闻。红颜弃轩冕，白首卧松云……"古人自是清高，但也求官心切。

刘长卿

长沙过贾谊宅

三年谪宦此栖迟，万古惟留楚客悲。
秋草独寻人去后，寒林空见日斜时。
汉文有道恩犹薄，湘水无情吊岂知？
寂寂江山摇落处，怜君何事到天涯！

【笔记】

刘长卿，河间人，一说安徽宣城人。天宝年间进士，官鄂州转运使，遭诬贬官二次，后迁随州刺史。诗多客次愁怀，风格清新典雅洁净。

秋冬之交，二次被逐到长沙之作。

重送裴郎中贬吉州

猿啼客散暮江头，人自伤心水自流。
同作逐臣君更远，青山万里一孤舟。

逢雪宿芙蓉山主人

日暮苍山远，天寒白屋贫。
柴门闻犬吠，风雪夜归人。

【笔记】

吴祖光著名话剧借用末句为题名。

送严士元

春风倚棹阖闾城，水国春寒阴复晴。
细雨湿衣看不见，闲花落地听无声。
日斜江上孤帆影，草绿湖南万里情。
东道若逢相识问，青袍今日误儒生。

王湾

次北固山下

客路青山外，行舟绿水前。

潮平两岸阔，风正一帆悬。
海日生残夜，江春入旧年。
乡书何处达，归雁洛阳边。

【笔记】

王湾，洛阳人，玄宗初进士，洛阳主簿。晚唐诗人郑谷成书一卷，《卷末偶题》曰：“一卷疏芜一百篇，名成未敢暂忘筌。何如海日生残夜，一句能令万古传。”

严武

军城早秋

昨夜秋风入汉关，朔云边月满西山。
更催飞将追骄虏，莫遣沙场匹马还。

【笔记】

严武，剑南节度使，784 年西征吐蕃，败其七万余人。才兼文武，杜甫之友。

王昌龄

从军行（七首之五）

大漠风尘日色昏，红旗半卷出辕门。

前军夜战洮河北，已报生擒吐谷浑。

出塞

秦时明月汉时关，万里长征人未还。
但使龙城飞将在，不教胡马度阴山。

【笔记】

边防筑城，始于秦汉。关和月，伤离别，思妇念征人，何时还？千年以前，万里之月，发兴高远。

芙蓉楼送辛渐（二首之一）

寒雨连江夜入吴，平明送客楚山孤。
洛阳亲友如相问，一片冰心在玉壶。

【笔记】

连江入吴，雨势浩荡。鲍照有句“清如玉壶冰”，宰相姚崇作有《冰壶诫》，唐人多以冰壶自励。昌龄不拘细行，谤议纷纷，曾“两窜遐荒”。李白曾赠诗：“杨花落尽子规啼，闻道龙标过五溪。我寄愁心与明月，随君直到夜郎西。”

岑参

白雪歌送武判官归京

北风卷地白草折，胡天八月即飞雪。
忽如一夜春风来，千树万树梨花开。
散入珠帘湿罗幕，狐裘不暖锦衾薄。
将军角弓不得控，都护铁衣冷难着。
瀚海阑干百丈冰，愁云惨淡万里凝。
中军置酒饮归客，胡琴琵琶与羌笛。
纷纷暮雪下辕门，风掣红旗冻不翻。
轮台东门送君去，去时雪满天山路。
山回路转不见君，雪上空留马行处。

轮台歌奉送封大夫出师西征

轮台城头夜吹角，轮台城北旄头落。
羽书昨夜过渠黎，单于已在金山西。
戍楼西望烟尘黑，汉兵屯在轮台北。
上将拥旄西出征，平明吹笛大军行。
四边伐鼓雪海涌，三军大呼阴山动。
虏塞兵气连云屯，战场白骨缠草根。
剑河风急雪片阔，沙口石冻马蹄脱。
亚相勤王甘苦辛，誓将报主静边尘。

古来青史谁不见，今见功名胜古人。

【笔记】

封常清，天宝十三载（754）以节度使摄御史大夫，亚相。岑参边塞诗冠绝古今，此篇为代表作。

凉州馆中与诸判官夜集

弯弯月出挂城头，城头月出照凉州。
凉州七里十万家，胡人半解弹琵琶。
琵琶一曲肠堪断，风萧萧兮夜漫漫。
河西幕中多故人，故人别来三五春。
花门楼前见秋草，岂能贫贱相看老。
一生大笑能几回，斗酒相逢须醉倒。

诗仙李白

李白（701—762），陇西成纪人。梁武昭王李暠九世孙。五世为庶民，神龙之始（唐中宗）逃归于蜀，居绵州昌龙（今四川江油）。父李客，庶民（李阳冰《草堂集序》所记）。两唐书有传均称“十岁通诗书”，“喜纵横术，击剑为任侠，轻财好施”。

开元十三年（725），李白出蜀，到江陵，至洞庭、庐山，至金陵（今南京），抵扬州，在安陆与许圉师孙女成婚。

开元二十二年（734），到襄阳谒见刺史韩朝宗，见诗句“生不愿封石户侯，但愿一识韩荆州”。

天宝元年（724），李白奉召入京，于翰林院为代诏供奉。作宫廷侍从。受人忌妒、言谗，天宝三载（744），玄宗赐金还家。离京远游，结识了杜甫（小李白十一岁）。遇高适，三人同游开封、商丘。此间，身家多事（妻亡续娶），国家多事。天宝十四载（755），发生安史之乱，永王李璘邀李白入幕府。肃宗至德二载（757），永王以叛被杀，株连李白入狱，被流放夜郎（贵州桐梓），乾元二年（759）于途中遇赦，东还至当涂，依李阳冰过活。宝应元年（762）病逝，终年六十二岁。

李白一生思想处于隐居、入仕矛盾之中。对皇朝政权中的矛盾他根本不懂，一生成就止在文学。李白之为文，多见向闻人“自荐”之书，如《与韩荆州书》《上裴史书》，既不同于王勃等人的怀才不遇，也不同于韩愈等人的不平则鸣，充分表达着李白狂放不羁的性格。这种性格，正是封建官僚所不能容许的。所以，他的自荐从来得不到支持。只有与他同命相怜的杜甫，同气相酬。“隐而求仕，仕而后隐”，这是李白一生所行。

李白一生所作诗甚多，唯其歌咏名山大川、山水风光，珍如人间瑰宝。李白的满腔热情都倾注于万里江山，李白爱国深情都倾注在如画江山上。读之，使人心胸舒畅。

古风（五十九首选三）

一

大雅久不作，吾衰竟谁陈。王风委蔓草，战国多荆榛。

龙虎相啖食，兵戈逮狂秦。正声何微茫，哀怨起骚人。
扬马激颓波，开流荡无垠。废兴虽万变，宪章亦已沦。
自从建安来，绮丽不足珍。圣代复元古，垂衣贵清真。
群才属休明，乘运共跃鳞。文质相炳焕，众星罗秋旻。
我志在删述，垂辉映千春。希圣如有立，绝笔于获麟。

二

秦皇扫六合，虎视何雄哉！挥剑决浮云，诸侯尽西来。
明断自天启，大略驾群才。收兵铸金人，函谷正东开。
铭功会稽岭，骋望琅琊台。刑徒七十万，起土骊山隈。
尚采不死药，茫然使心哀。连弩射海鱼，长鲸正崔嵬。
额鼻象五岳，扬波喷云雷。鬐鬣蔽青天，何由睹蓬莱？
徐市载秦女，楼船几时回？但见三泉下，金棺葬寒灰。

三

一百四十年，国容何赫然。隐隐五凤楼，峨峨横三川。
王侯象星月，宾客如云烟。斗鸡金宫里，蹴鞠瑶台边。
举动摇白日，指挥回青天。当涂何翕忽，失路长弃捐。
独有扬执戟，闭关草太玄。

（天宝间，玄宗宠信宦官，黄衣以上三千人，朱紫千余人，指挥拜三品将军。）

蜀道难（节录）

噫吁嚱，危乎高哉！蜀道之难，难于上青天！……
西当太白有鸟道，可以横绝峨眉巅。……

黄鹤之飞尚不得过，猿猱欲度愁攀援。……
连峰去天不盈尺，枯松倒挂倚绝壁。
飞湍瀑流争喧豗，砯崖转石万壑雷。……
锦城虽云乐，不如早还家。……

乌栖曲

姑苏台上乌栖时，吴王宫里醉西施。
吴歌楚舞欢未毕，青山欲衔半边日。
银箭金壶漏水多，起看秋月坠江波。
东方渐高奈乐何！

日出入行（节录）

日出东方隈，似从地底来。
历天又复入西海，六龙所舍安在哉？
其始与终古不息，人非元气，安得与之久徘徊[1]？
草不谢荣于春风，木不怨落于秋天。
谁挥鞭策驱四运[2]？万物兴歇皆自然。

【注】

①元气：古时哲学家以天地万物皆生于元气。

②四运：四时，春夏秋冬。

关山月（节录）

明月出天山，苍茫云海间。
长风几万里，吹度玉门关。

长干行（二首之一节录）

妾发初覆额，折花门前剧。
郎骑竹马来，绕床弄青梅。
同居长干里，两小无嫌猜。
十四为君妇，羞颜未尝开。
低头向暗壁，千唤不一回。
十五始展眉，愿同尘与灰。
常存抱柱信，岂上望夫台！

春思（节录）

燕草如碧丝，秦桑低绿枝。
当君怀归日，是妾断肠时。

秋浦歌（十七首之十五）

白发三千丈，缘愁似个长。
不知明镜里，何处得秋霜。

峨眉山月歌

峨眉山月半轮秋，影入平羌江水流。
夜发清溪向三峡，思君不见下渝州[1]。

【注】

①思君：君即月。

庐山谣寄卢侍御虚舟（节录）

庐山秀出南斗傍[1]，屏风九叠云锦张，影落明湖青黛光。
金阙前开二峰长，银河倒挂三石梁[2]。
香炉瀑布遥相望，回崖沓嶂凌苍苍[3]。
翠影红霞映朝日，鸟飞不到吴天长。
登高壮观天地间，大江茫茫去不还。
黄云万里动风色，白波九道流雪山[4]。
好为庐山谣，兴因庐山发。
闲窥石镜清我心[5]，谢公行处苍苔没[6]。
早服还丹无世情，琴心三叠道初成。
遥见仙人彩云里，手把芙蓉朝玉京[7]。

【注】

①南斗：天上南斗星，正好与地上的庐山相向。

②二峰如门，瀑布从三道石梁冲下，如银河挂在山上。

③五老峰、九叠云屏、香炉峰都是庐山绝佳景点。

④长江九道支流，白波汹涌如雪山。

⑤庐山东面有一圆石，光滑如镜。

⑥谢公是南朝诗人谢灵运，就是东晋支撑者王谢两大家族成员之一的山水派诗人。

⑦李白自称道家，仙丹、玉京都指道教。

【笔记】

李白流途遇赦，于上元元年（760）从江夏（武昌）往浔阳（九江）游庐山时作此诗。

李白流放被赦免，掉头就游玩了事，这样兴致勃勃，心宽量大，真仙人也。此地此诗，皆入仙境了。

梦游天姥吟留别（节录）

海客谈瀛洲，烟涛微茫信难求；
越人语天姥，云霞明灭或可睹。
天姥连天向天横，势拔五岳掩赤城。
天台四万八千丈，对此欲倒东南倾。
我欲因之梦吴越，一夜飞度镜湖月。
湖月照我影，送我至剡溪。
谢公宿处今尚在，渌水荡漾清猿啼。
脚著谢公屐，身登青云梯。
半壁见海日，空中闻天鸡。
千岩万转路不定，迷花倚石忽已暝。

熊咆龙吟殷岩泉，栗深林兮惊层巅。
云青青兮欲雨，水澹澹兮生烟。
列缺霹雳，丘峦崩摧。
洞天石扉，訇然中开。
青冥浩荡不见底，日月照耀金银台。
霓为衣兮风为马，云之君兮纷纷而来下。

【笔记】

李白“一生好入名山游”，好到梦中游天姥。越，是浙东。天姥，即天姥山，灵秀之山，被李白浪漫拔高到“势拔五岳”。游仙诗写到这个地步，也算到家。诗思、诗韵豪放到天地空汗漫，宋人苏东坡世称豪放派大家，较之李太白逊色了。

金陵酒肆留别

风吹柳花满店香，吴姬压酒唤客尝。
金陵子弟来相送，欲行不行各尽觞。
请君试问东流水，别意与之谁短长。

【笔记】

金陵，即南京，六朝故都，到唐代与扬州、上游益州都是外商云集的大都市。李白游览已毕，一班青年朋友送行，在一家小酒馆（即酒肆）热闹闹、乐陶陶，“欲行不行各尽觞”。吴姬压酒，苏州姑娘当垆劝酒，金陵子弟们就更有兴致了。东流之水呀，我也要去了，这小酒馆比大酒店不是更有情致吗！“语不必足，写情已足”，这首诗足见李太白仙人是何等的随便潇洒呀！

黄鹤楼送孟浩然之广陵

故人西辞黄鹤楼，烟花三月下扬州。
孤帆远影碧空尽，唯见长江天际流。

【笔记】

此诗妙在“烟花三月下扬州”。扬州本来是繁华之地，当时称国中繁华都市，“一扬二益”或“扬一益二”。偏偏又在三月，三月的“下有苏杭”可是繁华似锦呐！

渡荆门送别

渡远荆门外，来从楚国游。
山随平野尽，江入大荒流。
月下飞天镜，云生结海楼。
仍怜故乡水，万里送行舟。

【笔记】

荆门，即湖北长江南岸之荆门山。李白由水路出蜀，所以“渡远”荆门外，即出山夹口处。此地形势险，楚和蜀的咽喉，下至金陵，上到成都，南通湘水，北是襄阳（荆）。诗人们多有吟咏，如王维《汉江临泛》：“楚塞三湘接，荆门九派通。江流天地外，山色有无中。郡邑浮前浦，波澜动远空。襄阳好风日，留醉与山翁。”

东鲁门泛舟（二首之一）

日落沙明天倒开，波摇石动水萦回。
轻舟泛月寻溪转，疑是山阴雪后来。

【笔记】

东鲁（唐兖州），今山东曲阜。东鲁门府城东，月下泛舟。水明如镜，天入镜中，故“天倒开”。而山石是不会动的，是水波摇动，坐在舟中，看似石动。大家写小诗，自然是信笔生奇。

陪族叔刑部侍郎晔及中书贾舍人至游洞庭（五首之二）

南湖秋水夜无烟，耐可乘流直上天。
且就洞庭赊月色，将船买酒白云边。

【笔记】

肃宗乾元二年（759）秋，李白游岳州（岳阳）遇贾至、李晔，三人相约游洞庭湖，李白写下《游洞庭》五首，此诗是其二。

望天门山

天门中断楚江开，碧水东流至此回。
两岸青山相对出，孤帆一片日边来。

【笔记】

安徽当涂县的东西梁山，夹江对峙，天门由此得名。长江经湖北楚地那段，（楚江）汹涌而来，冲破（中断）天门山，奔腾而出。首句气势壮阔，夹江过水处狭窄对楚江的约束力造成回流波涛汹涌的奇观。下面两句是诗人悠然自得地欣赏青山、红日、一片孤帆的静态之美。审美客体是天门山，天门山经过一番情感观照，就有了这一首绝妙好诗。

早发白帝城

朝辞白帝彩云间，千里江陵一日还。
两岸猿声啼不住，轻舟已过万重山。

【笔记】

李白无端卷入永王璘大狱之中，本来是要“为君谈笑静胡沙”，扫平安禄山的叛乱，为国家建功立业，“西入长安到日边”，向皇帝报捷，却落了个“附逆”的罪名。他哪里懂得这是肃宗皇帝疑心“永王争夺帝位”而向手足开刀！（他甚至把永王起兵称作“东巡”，作《永王东巡歌》一组，十一首。根本不认为是叛逆。）幸然肃宗暴卒，新君继位，大赦天下，李白在白帝城闻见赦书。喜出望外而又心安理得，轻舟如箭，“千里江陵一日还”。李白好人，无端被罪，幸而逃过一劫。快船快意，使人神远。“惊风雨而泣鬼神”（杨慎《升庵诗话》）。传唱一千余年，仍被人视为珍宝。

听蜀僧濬弹琴

蜀僧抱绿绮①，西下峨眉峰②。
为我一挥手③，如听万壑松。
客心洗流水④，余响入霜钟⑤。
不觉碧山暮，秋云暗几重。

【注】

①绿绮：汉司马相如之琴，名绿绮。

②峨眉峰：四川峨眉山。

③挥手：弹琴。晋嵇康《琴赋》曰“伯牙挥手，钟期听声”。

④洗流水：《列子·汤问》载，“伯牙鼓琴，志在登高山。钟子期曰：善哉，峨峨兮若泰山。志在流水。钟子期曰：善哉，洋洋兮若江河”。即高山流水之典故。

⑤霜钟：《山海经·中山经》曰“（丰山）有九钟焉，是知霜鸣”。霜降则钟鸣。霜降钟鸣，故称霜钟，时令也。琴之余响合入寺庙传来霜钟。

【笔记】

唐诗善写音乐，如琵琶、空篌等。李白写弹琴，自然是幽静、清亮，如万壑松涛，如高山流水，洗净心内的“游丝”。

五、大历才子诗

【题记】

唐代宗李豫公元758年四月以嫡长子立为皇太子。761年末，他的父皇肃宗病重，即命太子监国。762年四月肃宗去世，太子继位，是为代宗。

代宗当时比较清醒，打了六年的“安史之乱”大难未平，而国家元气大伤，叛乱前一年754年，全国有户九百零六万九千余，口五千二百八十八万余，现有户不到三百万，人一千六百多万，而叛兵仍在黄河南北烧杀抢掠。当务之急就是平息叛乱，收复东京洛阳。但宦官被肃宗授予权势太大，飞扬跋扈，并不把他这个皇帝放在眼里，宦官头目李辅国公然对他说：“大家（皇帝宫内称）但居禁中，外事听老奴处分。”十月，代宗要对叛军发起强大的攻势，命长子雍王李适为天下兵马元帅，郭子仪（被鱼朝恩解除了军权）为副元帅。大宦官鱼朝恩、程元振作梗乃不得行。只好让降州刺史仆固怀恩领行营，为雍王之副。官军在洛阳北横水大破叛军，杀伤六万，俘二万，克复东都，并乘胜追击史朝义。763年正月，史朝义在林中自缢死。历时八年的“安史之乱”至此终于平定。

中原战乱，吐蕃乘虚而入，蚕食了河西陇右。763年九月，大举入寇，过邠州，掠奉天、武功，逼近京师。代宗急命郭子仪出镇咸阳以御敌。郭子仪拥兵咸阳，并不交战，他以大唐军威镇住蕃王，经过一番周旋，吐蕃兵退走。代宗继位二年，平定河北，解兵吐蕃，朝廷威望自立。此时整顿宦官，先杀了李辅国，流放了程元振。即与宰相元载密议，稳住鱼朝恩，以免他手握的神策军为乱。然后在二月“寒食节”禁中举行宴会，宰相提兵坐守中书省。宴毕，代宗召鱼朝恩议事，鱼肥胖行动不便，常乘特制小车。代宗听到小车响，乃正襟端坐，等他一到便不动声色地责备他“图谋不轨”，鱼朝恩哪里受过责备！宰相们议定了政事，如不请他裁定，便大发雷霆咆哮：“天下事岂不由我乎？！”今日正颜责备，立即狂妄辩解，左右金吾执戈一拥而上，把他擒获，缢杀而死。

代宗办完了这些大事，使国家、朝廷有了一个正常的局面，然后处理国务。起用杰出的理财家刘晏为吏部尚书、同中书门下平章事，解决国用民食的困难，民不加赋而国用足。又起用名将郭子仪，恢复郭子仪河中、朔方节度使，进为司徒、中书令，加封汾阳王。将女儿升平公主嫁子仪之子郭暧（即京评梆多个剧种演出多年的《打金枝》之故事。典出《资治通鉴·唐纪》）。

这时大历才子们才有了吟诗作赋的环境。

大历五年（770），足食、足兵两大国策有了着落，科举恢复，大历、贞元诗坛开始活跃起来。

韩翃

寒食①

春城无处不飞花，寒食东风御柳斜。

日暮汉宫传蜡烛，轻烟散入五侯家②。

【注】

①寒食：中国民间称“寒食节”，这一天全中国禁烟火。此节“本

事”见传统戏《焚绵山》，崇尚介子推的高尚气节。古时常以纪念节日、修庙宇传布这种人格文化。

②五侯家：典出后汉（东汉）末，桓帝刘志，十岁由外戚梁冀拥立为帝，到他长大成人十八九岁上，便与梁冀不睦，不愿被梁冀“压在头上”，暗中使宦官头目单超等人乘梁冀不备，发动千名羽林军突然包围梁宅，杀死梁冀及其党徒三百多人。单超等立此大功，五人同时封侯。此例一开，宦官封侯成风，东汉因宦官专政而亡。韩翃以禁烟的寒食节，宦官家轻烟袅袅这一细节，用五侯之典，喻中唐宦官乱政，小中见大。此诗不像李白“大车扬飞尘，亭午暗阡陌。中贵多黄金，连云开甲宅”之诗那样描述宦官飞扬跋扈。

宿石邑山中

浮云不共此山齐，山霭苍苍望转迷。
晓月暂飞高树里，秋河隔在数峰西。

【笔记】

原注“石邑古县名，河北获鹿东南”。（不会是石家庄吧？定是石家庄。）“晓月暂飞高树里”与他诗如“明月隐高树”，动态的明月比静态的明月画面更有趣味，而且用“暂飞”，昙花一现，天就亮了，用字精到。

钱起

湘灵鼓瑟

善鼓云和瑟，常闻帝子灵。
冯夷空自舞，楚客不堪听。
苦调凄金石，清音入杳冥。
苍梧来怨慕，白芷动芳馨。
流水传潇浦，悲风过洞庭。
曲终人不见，江上数峰青。

【笔记】

钱起，吴兴（浙江）人。大历十才子之一。做过小官蓝田尉。

此诗是钱起应试“诗卷”。因多处用典，读起来颇感晦涩。结尾二句，神妙无比，向来被认为是试帖诗的范本。尤其是第四句“楚客不堪听”，第十一句“曲终人不见”，一首诗中，出现两个不字，试官认为不妥，多年后还有人以此为例。因此“学案诗”反而更有名。

暮春归故山草堂

谷口春残黄鸟稀，辛夷花尽杏花飞。
始怜幽竹山窗下，不改清阴待我归。

【笔记】

辛夷，栏树的花（或称玉兰树花），春日早开，比杏花还早。此诗最传神之处是“不改青阴”四字。梅兰竹菊诗中常见，窗下幽竹，“不改清阴”，句中大雅，非常传神。

司空曙

金陵怀古

辇路江枫暗，宫庭野草春。
伤心庾开府，老作北朝臣。

【笔记】

司空曙这一首五言二十个字，字字都有分量。六朝古都，沧海桑田，使人心情沉重。特别之处，他怀到一个庾开府。王氏、谢氏、桓氏、庾氏，都是南朝高门大姓，社会地位极高。庾信，就是杜甫诗“庾信文章老更成”盛赞的那位大文人。他作为南朝梁武帝使臣，到北朝西魏通好，滞留未回，做了北朝（西魏）大官——开府仪同三司。他虽然常怀故国，但古来“不贰臣”之德到底有亏，何况是庾信？！

李端

听筝

鸣筝金粟柱，素手玉房前。
欲得周郎顾，时时误拂弦。

【笔记】

这首小诗很有情趣。筝是弦、柱乐器，出自陇山之西秦地。筝的底座是长方形音箱（即玉房），箱面上张弦十三根，一弦一柱。弹筝用指尖或鹿骨做成的拨。此诗命题“鸣筝”，即是正在弹奏之筝。诗人的艺术手法巧妙而新颖，意趣盎然。首句写筝的金柱以示华贵，次句写素手玉房，以表明弹筝人是个美丽的少女。《古诗十九首》例来以素手表示少女之美。三、四句巧妙地用“顾曲”之典，表现弹筝少女的心理、意态和情愫。周郎即东吴名将周瑜，字公谨，“周郎”是东吴人对他的爱称。他是一个文武全才的英雄形象，尤其是精音律，东吴民间谚语曰“曲有误，周郎顾”，诗人李端拿来用作“欲得周郎顾，时时误拂弦”，比喻弹筝少女一再地（故意）把筝弦错拨，吸引她那周郎般的意中人多多顾盼。这个典用得好，比起直写少女，情更尽、意更浓。晚唐的李商隐把这种手法发挥到极致。

戴叔伦

苏溪亭

苏溪亭上草漫漫，谁倚东风十二阑。
燕子不归春事晚，一汀烟雨杏花寒。

【笔记】

苏溪亭在浙江义乌附近。戴诗长于山水。这首诗写暮春之景，“燕子不归春事晚”，怨别之情，倚栏凝望，“一汀烟雨杏花寒”，凄楚忧郁。同时还有一首《兰溪棹歌》可为姊妹篇：“凉月如眉挂柳湾，越中山色镜中看。兰溪三日桃花雨，半夜鲤鱼来上滩。”此诗看似无人、无情，只有越中明丽的山水，读两遍就会感到景中有人，景中有情。凉月，无人何以凉？山色“镜中看”，无人何以看？人是阿谁？当然是倩女，“凉月如眉挂柳湾”，非倩女怎写“如眉之月”？而且暗寓“月到柳梢头，人约黄昏后”，这非情而何？唐人写景，多是意在言外。“细草微风岸，危樯独夜舟”。杜甫漂泊何等凄凉？“两岸猿声啼不住，轻舟已过万重山”，李白遇赦，多么快意。学唐诗，学什么？筋骨劲健，仪态雍容，兴致活泼，言词清爽，意境开阔。这五个方面，浑为唐诗整体风貌。

韦应物

自巩洛舟行入黄河即事，寄府县僚友

夹水苍山路向东，东南山豁大河通。
寒树依微远天外，夕阳明灭乱流中。
孤村几岁临伊岸，一雁初晴下朔风。
为报洛桥游宦侣，扁舟不系与心同。

【笔记】

韦应物（约 737—791），京兆万年人。二十二岁读太学，德宗建中四年（783）由比部员外郎出为滁州刺史。出长安，经洛阳，舟行洛水，在巩县入黄河东下。此诗约在入黄河之际而作。由员外郎任州刺史，一郡之长，本为提升，而这首七律字里行间充满着感伤和忧虑，是何由？

韦应物十八岁（755）起经历了“安史之乱”的全过程，也看到代宗平叛、大历求治的局面。德宗临朝之后，勉力维持，而宦官掌兵、中尉势大、藩镇抗命、府库空空。国家危机重重，而德宗皇帝被宦官蒙蔽，乱政频出：长安设宫市、赋外加杂税、收取进奉等害民之政累累，国家前景可忧，此时出任一郡之长，忧国忧民而一筹莫展。故而淮南风景在他眼中是天外寒树、夕阳明灭、大河乱流、朔风孤雁，一片忧伤。这正是韦应物先天下之忧而忧的品格。

滁州西涧

独怜幽草涧边生，上有黄鹂深树鸣。
春潮带雨晚来急，野渡无人舟自横。

【笔记】

西涧，在滁州城西。作者在任滁州刺史期间，诗作多有寄托。比如《寄李儋、元锡》："世事茫茫难自料，春愁黯黯独成眠。身多疾病思田里，邑有流亡愧俸钱。"还有《闻雁》："故园眇何处，归思方悠哉。淮南（按，滁州任所）秋雨夜，高斋闻雁来。"唯独这一首《滁州西涧》，涧边幽草，深树鹂鸣，春潮带雨，野渡无人。真真令人赏心悦目，有如亲临。向称唐人山水诗名篇。

秋夜寄丘二十二员外

怀君属秋夜，散步咏凉天。
山空松子落，幽人应未眠。

【笔记】

丘二十二员外，名丘丹，在临平山学道。诗人沈德潜评说："（唐人）五言绝句，右丞（按，王维）之自然，太白之高妙，苏州（韦应物终官苏州刺史）之古谈，并入化境（出神入化）。"意味达到极点。

登楼寄王卿

踏阁攀林恨不同，楚云沧海思无穷。
数家砧杵秋山下，一郡荆榛寒雨中。

【笔记】

此时韦应物已调任江州刺史，以诗代画，寄远在楚地（荆蛮）的王卿。一、二句写当年与王卿交游和两地情牵。三、四句写眼前境况，要在末句“一郡荆榛寒雨中”，喻示中唐衰落境况。

【诗评】

白居易曰：“（韦诗）才丽之外，颇近兴讽。高雅闲淡，自成一家之体。”苏轼曰：“李杜之后，诗人继作，独韦应物、柳宗元，发纤秾于简古，寄至味于澹泊，非余子所及也。”

卢纶

和张仆射塞下曲（六首选二）

一

林岸草惊风，将军夜引弓。
平明寻白羽，没在石棱中。

二

月黑雁飞高，单于夜遁逃。
欲将轻骑逐，大雪满弓刀。

【笔记】

卢纶（？—798），河中蒲（山西永济）人。曾在河中元帅府任判官，熟悉边塞生活。两首小诗颇见格力。

第一首诗，风吹草动，迅即“引弓”（拉弓），早晨寻羽箭，射在石上，入石三分。为将者机警，手疾眼快，筋力过人。

第二首诗，一如盛唐雄壮豪放。边塞战场气氛。“月黑”杀人夜，“风高”放火天。“大雪满弓刀”自见英雄气概。

李益

边思

腰垂锦带佩吴钩，走马曾防玉塞秋。
莫笑关西将家子，只将诗思入凉州。

【笔记】

李益（748—829），陇西姑臧（甘肃武功）人。李唐一族自然是关西人。将家子弟，大历进士。初时仕途不顺，漫游若干年，大约动过投笔从戎的念头。李益是大历十才子之一，襟怀抱负，故有边思之作（凉州是李唐祖上故国）。

上汝州郡楼

黄昏鼓角似边州，三十年前上此楼。

今日山川对垂泪，伤心不独为悲秋。

【笔记】

汝州(今河南临川),是中原腹心地带。德宗即位后,藩镇势力崛起,淮西郡李希烈割据称帝，国号大楚。以此为发源地，扩达到整个黄河流域。这时，李益上汝州楼已五十多岁。三十年前上此楼是河北三镇暴起的“安史之乱”，今日是大半个国土的封疆大吏们割据称王。表现手法倒下笔,奇峰突起,“黄昏鼓角似边州”，三十年前登楼之闻见,如此长期动乱，国运堪忧，故而，“今日山川对垂泪”。唐玄宗晚年骄纵,一蹶不振,大唐江河日下,只不过前“一百四十年,国容何赫然”,人民仍在思唐。

大家韩愈

【简介】

韩愈（768—824），河阳（河南孟津）人。自称昌黎人，至今昌黎还有旧时的韩文公祠。韩氏郡重，从高祖起世代为官。愈三岁而孤，依兄韩会抚养。家教良好，七岁读书，十三岁能文。二十岁进京赴试，举进士三次落第。二十五岁即德宗贞元十一年（795）中进士，到州郡节度使幕府求衣食，直到贞元十九年（803）十月，与柳宗元、刘禹锡等同为监察御史。因上书言事以尽御史之责，两月为官即贬为连州阳山令。元和元年（806），唐宪宗继位，诏其回长安任国子博士。这是韩愈第一次遭贬复出。又因其生性耿直，与宦官格格不入，贬为河南县令。元和六年（811）诏回，任尚书职方员外郎、比部郎中、史馆修撰，这是他第二次遭贬复出。元和十年（815），有厌恶韩愈的人称韩愈在饯序中称呼荆南节度使裴均之字，韩愈改授为太子右庶子。元和十二年（817）辅宰裴度平淮西吴元济叛乱，以军功升为刑部侍郎。这是他第三次遭贬复出。宪宗晚年信佛成癖，以国家大典之势，从洛阳白马寺迎佛骨至长安。韩愈“旧习不改”，上《论佛骨表》，言辞激烈，宪宗震怒，一封朝奏，夕贬潮阳。长庆元年（821），穆宗即位，又诏其回长安，任吏部传郎、京兆尹。这是他第四次也是最后一次贬官复出。

韩愈一生贬官四次，复出四次，每次都略有迁升。这说明封建皇帝听不得逆耳之言。韩愈一生，尊孔孟，明道行道。他的道就是“忧天下”，继承儒家“治国平天下”“兼济天下”之志。坚持国家统一，反对割据分裂，如杜甫“致君尧舜上，再使风俗淳”，而且不畏生命之危，敢只身面对叛军首领，陈说是非利害。所以宋代的苏轼等一派豪放诗人称誉韩愈“文起八代之衰，而道济天下之溺；忠犯人主（皇帝）之怒，而勇夺三军之帅”。他除“兼济天下”之大宗以外，极为重视“社会教化”，以自己之诗文带头发起“古文运动”，延至宋代，才大见成效。明人论天下文章，以“唐宋八大家”为宗师，韩愈是“八大家”之首。他一生著作颇丰，只能摘一些好读好记之作。

八月十五夜赠张功曹（节录）

纤云四卷天无河，清风吹空月舒波。
沙平水息声影绝，一杯相属君当歌。
君歌声酸辞且苦，不能听终泪如雨。

……

君歌且休听我歌，我歌今与君殊科。

一年明月今宵多，人生由命非由他。

有酒不饮奈明何！

【笔记】

不讲格律，不加典故，不用比喻，“古文笔法”，所以敢称古文运动的发起者。以他的德望、人格、范本坚持一生，唐宗诗文发生巨大影响，直到唐朝被宦官、藩镇而主要是封建集权的腐败、昏聩，由盛而衰，由衰而乱，由乱而亡。终于“百足之虫”不死亦僵，僵持到三百来年而亡，而唐文、唐诗则万古长青。但大唐毕竟是大唐，其文化融入传统，实为唐代对中华民族的贡献。

调张籍（节录）

李杜文章在，光焰万丈长。

不知群儿愚，那用故谤伤。

蚍蜉撼大树，可笑不自量。

……

平生千万篇，金薤垂琳琅[①]。

仙官敕六丁，雷电下取将。

流落人间者，太山一毫芒。

我愿生两翅，捕逐出八荒。

精诚忽交通，百怪入我肠。

刺手拔鲸牙，举瓢酌天浆。
腾身跨汗漫[2]，不著织女襄[3]。
顾语地上友，经营无太忙。
乞君飞霞佩，与我高颉颃。

【注】

①金薤：李杜诗值得用金薤书写雕刻在玉版上。

②汗漫：天空高远无际。

③织女：人应腾跃，不能像织女们那样埋头织布。

【笔记】

张籍（766—830），和州吴江（安徽和县）人，曾从韩愈学文。当时韩愈主持府试，张籍贞元十四年（798）入进士。诗风古朴。元和六年（811），韩愈经洛阳，与张籍聚首，二人唱和之作。

荐士

周诗三百篇，雅丽理训诰。曾经圣人手，议论安敢到。
五言出汉时，苏李首更号。东都渐弥漫，派别百川导。
建安能者七，卓荦变风操。逶迤抵晋宋，气象日凋耗。
中间数鲍谢，比近最清奥。齐梁及陈隋，众作等蝉噪。
搜春摘花卉，沿袭伤剽盗。国朝盛文章，子昂始高蹈。
勃兴得李杜，万类困陵暴。后来相继生，亦各臻阃奥。
有穷者孟郊，受材实雄骜。冥观洞古今，象外逐幽好。
横空盘硬语，妥帖力排奡。敷柔肆纡余，奋猛卷海潦。

荣华肖天秀，捷疾逾响报。行身践规矩，甘辱耻媚灶。
孟轲分邪正，眸子看了眊。杳然粹而清，可以镇浮躁。
酸寒溧阳尉，五十几何耄。孜孜营甘旨，辛苦久所冒。
俗流知者谁，指注竞嘲傲。圣皇索遗逸，髦士日登造。
庙堂有贤相，爱遇均覆焘。况承归与张，二公迭嗟悼。
青冥送吹嘘，强箭射鲁缟。胡为久无成，使以归期告。
霜风破佳菊，嘉节迫吹帽。念将决焉去，感物增恋嫪。
彼微水中荇，尚烦左右芼。鲁侯国至小，庙鼎犹纳郜。
幸当择珉玉，宁有弃珪瑁。悠悠我之思，扰扰风中纛。
上言愧无路，日夜惟心祷。鹤翎不天生，变化在啄菢。
通波非难图，尺地易可漕。善善不汲汲，后时徒悔懊。
救死具八珍，不如一箪犒。微诗公勿诮，恺悌神所劳。

左迁至蓝关示侄孙湘

一封朝奏九重天，夕贬潮州路八千。
欲为圣明除弊事，肯将衰朽惜残年！
云横秦岭家何在？雪拥蓝关马不前。
知汝远来应有意，好收吾骨瘴江边。

【笔记】

元和十四年（819），宪宗皇帝令中使率宫人三十名从临泉驿迎佛骨入大内，留内三日，送寺院。王公大臣带头贡礼，百姓有破产废业施舍者，有烧顶灼臂示虔诚者，其愚弊可见。韩愈素不奉佛，上封事谏阻，宪宗大怒：“愈言我奉佛太过，谓东汉奉佛，帝夭促（亡），敢尔狂妄，固不可赦！”宰相裴度救援，国戚祝贵亦言罪愈太重。乃贬岭南道潮州，因在海北，又称潮阳（今广东潮州）。

今录其诗、其文，意在人知大唐中晚期最好的皇帝宪宗仍在做些什么事。可见亡之必然。

小诗五首

一

天街小雨润如酥[①]，草色遥看近却无。
最是一年春好处，绝胜烟柳满皇都。

二[②]

新年都未有芳华，二月初惊见草芽。
白雪却嫌春色晚，故穿庭树作飞花。

三[③]

草树知春不久归，百般红紫斗芳菲。
杨花榆荚无才思，惟解漫天作雪飞。

四[④]

荆山已去华山来，日出潼关四扇开。
刺史莫辞迎候远，相公亲破蔡州回。

五

漠漠轻阴晚自开，青天白日映楼台。
曲江水满花千树，有底忙时不肯来。

【注】

①天街：长安城中轴线北起大明宫丹凤门，南至城正南的朱雀大街。

②《春雪》：新年，春节，立春至二月。草芽，实际还是冬天，哪里来的芳菲？

③《晚春》：柳絮纷纷、榆钱变白，晚春象征。无才思，不如万紫千红繁花似锦。林黛玉“粉堕百花洲，香残燕子楼，一团团逐队成球”，太不受人关顾了。而薛宝钗偏抬举它，“白玉堂前春解舞，东风卷得均匀”。谢道韫则因咏雪“未若柳絮因风起”得名“咏絮才”。

④《次潼关先寄张十二阁老使君》：韩愈“平生第一快诗”。荆山，在河南灵宝境内，距华山二百余里。凯旋大军还朝。所谓藩镇割据，起自淮西李希烈，后来转归吴永济，称孤道寡，长达四十年。宰相裴度领兵，韩自告奋勇为行军司马，一举平定。“日出潼关四扇开”，大开关门。当时百姓箪食壶浆以劳王师的热烈场景，称其热火朝天亦不为过。

【笔记】

韩愈是儒家“修齐治平”的践行者，他因爱国而爱人，张籍、孟郊、李贺等青年才俊无不尊他为师友，故把张籍、孟郊有成就者附录于后。

张籍

野老歌

老农家贫在山住，耕种山田三四亩。

苗疏税多不得食，输入官仓化为土。
岁暮锄犁傍空室，呼儿登山收橡实。
西江贾客珠百斛，船中养犬长食肉。

【笔记】

这就是受压迫剥削的老农的典型形象。

牧童词

远牧牛[1]，绕村四面禾黍稠。
陂中饥乌啄牛背，令我不得戏垄头。
入陂草多牛散行，白犊时向芦中鸣。
隔堤吹叶应同伴，还鼓长鞭三四声。
牛牛食草莫相触，官家截尔头上角[2]。

【注】

①远牧牛：免得吃了庄稼。仁义的孩子。

②藩镇割据，目无国法，施以乱政。以军需为名，随便抢夺农家耕牛，“驱车驾牛食牛肉”。

凉州词（三首之一）

边城暮雨雁飞低，芦笋初生渐欲齐。
无数铃声遥过碛，应驮白练到安西。

【笔记】

贞观三年（629），李靖、李勣率大军十余万灭突厥俘可汗。八年（634）伐吐谷浑，大获全胜。二十一年（647），建六都护府，安西都护府辖龟兹、焉耆、于阗、疏勒等地。德宗贞元六年（790）以后，唐国势衰弱，辖地尽属吐蕃，六都护废弃。祖宗开辟疆土，随便丢弃毫不在意。太宗子孙如此败家。此时安西繁荣的丝绸之路已经阻隔，昔日运载丝绸（白练）的商队“万里向安西”，如今安西没了，“无数驼铃”向哪里去呢？！

孟郊

游子吟

慈母手中线，游子身上衣。
临行密密缝，意恐迟迟归。
谁言寸草心，报得三春晖。

【笔记】

苏轼《读孟郊诗》：“诗从肺腑出，出辄愁肺腑。”史骐生《写怀》：“父书空满箧，母线尚萦襦。”清人咏：“向来多少泪，都染手缝衣。”

登科后

昔日龌龊不足夸，今朝放荡思无涯。

春风得意马蹄疾，一日看尽长安花。

【笔记】

金代元好问评曰："东野（孟郊字）穷愁死不休，高天厚地一诗囚。"

游终南山（节录）

南山塞天地，日月石上生。
高峰夜留景，深谷昼未明。

【笔记】

韩文公《荐士》所言孟诗"横空盘硬语，妥帖力排奡"。沈德潜也说："盘空出险语。"此诗可代表孟郊风格。

洛桥晚望

天津桥下冰初结，洛阳陌上人行绝。
榆柳萧疏楼阁闲，月明直见嵩山雪。

柳宗元

【简介】

柳宗元（773—819），字子厚。河东解县（山西永济）人。祖上做县令等小官，父柳镇，德宗贞元间任殿中侍御史。贞元九年（793），宗元二十一岁中进士第。十四年（798）再中博学鸿词科，授官集贤殿正字。十七年（801）调任蓝田尉。十九年（803）调任监察御史里行，与韩愈、刘禹锡等同官，结识了王叔文。贞元二十一年（805）正月，德宗病逝，太子李诵四十五岁继位，是为顺宗。李诵779年被立为太子，他不满宦官专权和“宫市掠民”等弊端，常和伴读王叔文、王伾议论，并谋划继位后实行改革。他还暗中物色了柳宗元、刘禹锡等人物。所以，继位之后立即行动。然而他生长于深宫，二王、柳、刘等一班书生对于宫廷权力斗争毫无经验，而宦官专权已历三代，掌兵、专政，实权在握。一个新皇帝，孤家寡人，凭几个书生就想除掉宦官的权与利，太轻心了。革新派计划贬斥宦官、罢去宫市、禁止盐铁使“月进钱”和地方官“进奉”等等，都侵犯了宦官的权利。宦官身为奴隶，生性狠毒，没有文化，诡计多端。革新派开始行动，首先派老将范希朝去接管神策军，宦官首领即刻反扑，以顺宗多病为由，逼其退位，立太子李纯为帝，公元805年八月登基，改元元和。所谓“永贞革新”，未革而败，顺宗退位后很快死亡，革新派被悉数罢黜，即所谓“二王八司马”。柳宗元被贬为永州司马。王叔文、王伾贬斥后被害。柳宗元十年后被召回，两月后又远迁，返回柳州为刺史，终年四十六岁。

登柳州城楼寄漳、汀、封、连四州刺史

城上高楼接大荒，海天愁思正茫茫。
惊风乱飐芙蓉水，密雨斜侵薜荔墙。
岭树重遮千里目，江流曲似九回肠。
共来百越文身地，犹自音书滞一乡。

【笔记】

四州刺史，依题序为韩泰、韩晔、陈谏、刘禹锡。柳诗气魄宏大，高楼大荒，境界辽阔。

别舍弟宗一[①]

零落残魂倍黯然，双垂别泪越江边[②]。
一身去国六千里，万死投荒十二年。
桂岭瘴来云似墨[③]，洞庭春尽水如天[④]。
欲知此后相思梦，长在荆门郢树烟[⑤]。

【注】

①元和十一年（816）春，堂弟柳宗一从柳州到江陵（今湖北江陵县），宗元作此诗送别。

②越江：粤江。

③桂岭：今广西贺州，这里泛指柳州群山。

④洞庭：洞庭湖，宗一要去的地方。

⑤郢：今湖北江陵地名。

酬曹侍御过象县见寄

破额山前碧玉流，骚人遥驻木兰舟。
春风无限潇湘意，欲采蘋花不自由。

【笔记】

曹侍御经过象县时，曾寄书信慰宗元，因而宗元写此诗回赠。骚人，是宗元称曹侍御。欲以蘋花为献，流谪之人不自由啊！破额山，是象县沿江之山。骚人遥驻而不能过访，遗憾。

江雪

千山鸟飞绝，万径人踪灭。
孤舟蓑笠翁，独钓寒江雪。

衡阳与梦得分路赠别

十年憔悴到秦京，谁料翻为岭外行。
伏波故道风烟在，翁仲遗墟草树平。
直以慵疏招物议，休将文字占时名。
今朝不用临河别，垂泪千行便濯缨。

【笔记】

元和十年（815）三月，柳宗元与刘禹锡分别再度远迁柳州、连州刺史，至衡阳县分手。岭外，五岭之外，岭南。伏波故道，伏波将军（汉武时）南征走过的道路。翁仲，陵墓前石人、铜铸人。李陵给苏武诗“临河濯长缨，念子怅悠悠”。起句“工于发端”，落句“言尽意不尽”。刘禹锡回赠诗：

去国十年同赴召，渡湘千里又分岐。
重临事异黄丞相，三黜名惭柳士师[①]。
归目并随回雁尽，愁肠正遇断猿时[②]。
桂江东过连山下[③]，相望长吟有所思。

【注】

①黄丞相，西汉宣帝时贤相黄霸，两度出任颍川太守。刘的“重临”却是负罪远谪。“事异”，原因不同，黄是清名，我是罪名。春秋时柳“士师”（狱官），名柳下惠。三次遭贬，刘柳齐名“同难”，刘觉“惭愧不如”。

②断猿：用张说诗句“津亭拔心草，江路断肠猿”。哪堪哀猿啼叫？

③桂江：漓江。连山：连州。

宗元读后，意有未尽，作《重别梦得》：

二十年来万事同，今朝岐路忽西东。
皇恩若许归田去，晚岁当为邻舍翁。

冉溪[①]（节录）

少时陈力希公侯[②]，许国不复为身谋[③]。
风波一跌逝万里[④]，壮心瓦解空缧囚[⑤]。

【注】

①冉溪：在永州西南，柳宗元改名愚溪。

②陈力：贡献力量。

③许国：献身国家。

④风波："永贞革新"。

⑤缧囚：拘禁。

种树郭橐驼传（节录）

郭橐驼，不知始何名。病偻，隆然伏行，有类橐驼者，故乡人号之"驼"。驼闻之，曰："甚善。名我固当。"因舍其名，亦自谓橐驼云。

其乡曰丰乐乡，在长安西。驼业种树，凡长安豪富人为观游及卖果者，皆争迎取养。视驼所种树，或移徙，无不活，且硕茂，早实以蕃。他植者虽窥伺效慕，莫能如也。

有问之，对曰："橐驼非能使木寿且孳也，能顺木之天，以致其性焉尔。凡植木之性，其本欲舒，其培欲平，其土欲故，其筑欲密。既然已，勿动勿虑，去不复顾。其莳也若子，其置也若弃，则其天者全而其性得矣。故吾不害其长而已，非有能硕茂之也；不抑耗其实而已，非有能早而蕃之也。他植者则不然，根拳而土易，其培之也，若不过焉则不及。苟有能反是者，则又爱之太恩，忧之太勤，旦视而暮抚，已去而复顾，甚者爪其肤以验其生枯，摇其本以观其疏密，而木之性日以离矣。虽曰爱之，其实害之；虽曰忧之，其实仇之，故不我若也。吾又何能为哉！"

钴鉧潭记

钴鉧潭在西山西。其始盖冉水自南奔注，抵山石，屈折东流；其颠委势峻，荡击益暴，啮其涯，故旁广而中深，毕至石乃止。流沫成轮，然后徐行，其清而平者且十亩余，有树环焉，有泉悬焉。

其上有居者，以予之亟游也，一旦款门来告曰："不胜官租、私券之委积，既芟山而更居，愿以潭上田贸财以缓祸。"

予乐而如其言。则崇其台，延其槛，行其泉，于高者而坠之潭，有声潀然。尤与中秋观月为宜，于以见天之高，气之迥。孰使予乐居夷而忘故土者？非兹潭也欤？

六、诗到元和体变新——白居易及新乐府诗

白居易（772—846），字乐天，原籍太原，后迁居下封（陕西渭南）。父曾任县令、州别驾等小官。自幼聪慧好学，功底深厚。自贞元十六年（800）二十八岁中进士，十八年（802）任秘书省校书郎、县尉起步。宪宗元和二年（807）一路顺风迁翰林学士、左拾遗、知制诰，到穆宗长庆二年（822）出任杭州、苏州刺史（偶因触犯权贵贬为江州司马），武宗会昌二年（842）以刑部尚书致仕。会昌六年（846）卒，享寿七十五岁。终生以诗歌成就最高。唐宣宗李忱曾以七律《吊乐天》悼念：

缀玉联珠六十年，谁教冥路作诗仙。

浮云不系名居易，造化无为字乐天。
童子解吟长恨曲，胡儿能唱琵琶篇。
文章已满行人耳，一度思卿一怆然。

白居易自己也颇为自信，曾作《题文集柜》一首：

破柏作书柜，柜牢柏复坚。收贮谁家集，题云白乐天。
我生业文字，自幼及老年。前后七十卷，小大三千篇。
诚知终散失，未忍遽弃捐。自开自锁闭，置在书帷前。
身是邓伯道，世无王仲宣。只应分付女，留与外孙传。

邓伯道，晋代人，没有儿子。王仲宣即建安七子王粲。意谓当世如有王粲那样的人物我就赠送给他，可惜了。只好传给女儿给外孙吧。

白居易贯为讽喻诗，创新体乐府诗一百五十首。通俗易懂，明白流畅。他阅历丰富，多见民间疾苦，以诗为谏，为民请命，文章为时而著，歌诗为事而作，既入翰林，身是谏官，启奏之外，又可以裨补时阙，难以质言者，则为新诗咏歌之。

杜陵叟（节录）

杜陵叟，杜陵居，岁种薄田一顷余。
三月无雨旱风起，麦苗不秀多黄死。
九月降霜秋早寒，禾穗未熟皆青干。
长吏明知不申破，急敛暴征求考课。

典桑卖地纳官租，明年衣食将何如？
剥我身上帛，夺我口中粟。
虐人害物即豺狼，何必钩爪锯牙食人肉？

轻肥（秦中吟十首之七）

意气骄满路，鞍马光照尘。
借问何为者，人称是内臣（按：宦官）。
朱绂皆大夫，紫绶悉将军。
夸赴军中宴，走马去如云。
樽罍溢九酝，水陆罗八珍。
果擘洞庭橘，脍切天池鳞。
食饱心自若，酒酣气益振。
是岁江南旱，衢州人食人！

【笔记】

《杜陵叟》，作于宪宗元和三年（808）。江南和长安畿辅之地，旱灾严重。白居易任左拾遗，谏请减免租税，以实惠及人。宪宗准奏，并下罪己诏。但唐朝此时已整体衰落，贪官恶吏遍及州县，宪宗皇帝空有“中兴”之名，实则害民久已成为习惯。

《轻肥》与《杜陵叟》成鲜明对比。此时，天灾人祸，民不聊生，内臣（宦官）及达官贵人骄纵奢侈，骑肥马、衣轻裘，两极分化，国运堪忧，白居易作为文臣只能以诗击讽。他并不认为书生无用。他很看重“新乐府”这一“武器”，自以为“一篇长恨有风情，十首秦吟近正声”。既是正声，就能使乱臣贼子惧。“闻仆《哭孔戡》诗，众面脉脉，尽不悦矣。闻《秦中吟》，则权豪贵近者相目而变色矣。闻《登乐游园》寄足下诗，则执政柄者扼腕矣。闻《宿紫阁村》诗，则握军要者切齿矣。”

卖炭翁

卖炭翁，伐薪烧炭南山中。
满面尘灰烟火色，两鬓苍苍十指黑。
卖炭得钱何所营？身上衣裳口中食。
可怜身上衣正单，心忧炭贱愿天寒。
夜来城外一尺雪，晓驾炭车辗冰辙。
牛困人饥日已高，市南门外泥中歇。
翩翩两骑来是谁？黄衣使者白衫儿。
手把文书口称敕，回车叱牛牵向北。
一车炭，千余斤，宫使驱将惜不得。
半匹红纱一丈绫，系向牛头充炭直。

【笔记】

宫市，始于德宗贞元年间，选派宦宫数百人到长安东市采买日用品。市，贾也，宫里人采买。《卖炭翁》叙述了宫贾使者买炭的全过程。

宿紫阁山北村

晨游紫阁峰，暮宿山下村。村老见余喜，为余开一尊。
举杯未及饮，暴卒来入门。紫衣挟刀斧，草草十余人。
夺我席上酒，掣我盘中飧。主人退后立，敛手反如宾。
中庭有奇树，种来三十春。主人惜不得，持斧断其根。
口称采造家，身属神策军。“主人慎勿语，中尉正承恩！”

【笔记】

神策军，即禁军，皇宫护卫。德宗时，设左右二军。贞元十二年（796），设立护军中尉两人、中护军两人率领禁军。任命窦文场为左神策护军中尉，霍仙鸣为右神策护军中尉。神策军扩大到十五万，延至宪宗。护军中尉专护卫天子，其官兵狐假虎威，横行不法，渐渐发展到挟持皇帝，专掌朝政。白居易宿紫阁山庄亲见紫衣暴卒手持刀斧，旁若无人，采伐村老家生长三十年之奇树，势如强盗。

（唐文宗大和）九年（835）十一月二十一日感事而作

祸福茫茫不可期，大都早退似先知。
当君白首同归日，是我青山独往时。
顾索素琴应不暇，忆牵黄犬定难追。
麒麟作脯龙为醢，何似泥中曳尾龟。

【笔记】

感什么事，“甘露之变”。文宗时，宦官嚣张至极，先利用左、右神策军头目的矛盾，杀了右护军中尉王守澄。文宗与亲信大臣李训、舒元舆、郑注密议，设计把宦官集团人员一网打尽。这日早朝，左金吾大将军韩约上奏：左金吾院内石榴树天降甘露。文宗命两中尉率领部下都去瞧看，右中尉仇士良觉得奇怪，先去查看，发觉布幕后藏有伏兵，立即挟持了文宗皇帝，仇士良假皇帝诏，杀了有牵连的官员。

赋得古原草送别

离离原上草，一岁一枯荣。
野火烧不尽，春风吹又生。
远芳侵古道，晴翠接荒城。
又送王孙去，萋萋满别情。

【笔记】

贞元三年（787），白居易十六岁应考习作。考卷之题须加“赋得”二字，五言律诗。起呈转合要分明，前两句是破题，后两句是结尾，中间是两幅对子，对仗要精工。古原上的草，生命力极强，杀不尽、除不绝，野火烧枯了茎和叶，只留点根须，它又萋萋芊芊，生气勃勃地绿被原上了。从《楚辞》“王孙游兮不归，春草生兮萋萋”到现世的“没有花香，没有树高”的小草，它和诗歌算结缘了。

惜牡丹花（二首之一）

惆怅阶前红牡丹，晚来唯有两枝残。
明朝风起应吹尽，夜惜衰红把火看。

【笔记】

白诗《惜牡丹》一出，引起多少代诗人唱和。仿效当时晚唐李义山“客散酒醒深夜后，更持红烛赏残花”。宋代苏东坡：“只恐夜深花睡去，故烧高烛照红妆。”不是深夜，不是牡丹，而是美女。美女如花，花如美女。

村夜

霜草苍苍虫切切，村南村北行人绝。
独出前门望野田，月明荞麦花如雪。

【笔记】

后人称尚：“一味朴真，不假妆点。”白诗特色。

大林寺桃花

人间四月芳菲尽，山寺桃花始盛开。
长恨春归无觅处，不知转入此中来。

【笔记】

作于江州司马时期。庐山大林寺在香炉峰顶。

问刘十九

绿蚁新醅酒，红泥小火炉。
晚来天欲雪，能饮一杯无？

【笔记】

天欲雪，深冬时分。天短夜长，邀朋友小叙。多么温馨的时刻呀！

夜筝

紫袖红弦明月中，自弹自感暗低容。
弦凝指咽声停处，别有深情一万重。

【笔记】

此诗好像是长篇歌行《琵琶行》的缩写。读时对比一下，就显出白居易诗歌艺术的功夫有多纯熟。

暮江吟

一道残阳铺水中，半江瑟瑟半江红。
可怜九月初三夜，露似真珠月似弓。

【笔记】

穆宗长庆二年(822)求外放得准，赴杭州任刺史途中作。离开朝廷，心情轻松愉快，颇似随口吟唱。

醉后狂言，酬赠萧、殷二协律（节录）

我有大裘君未见，宽广和暖如阳春。
此裘非缯亦非纩，裁以法度絮以仁。
刀尺钝拙制未毕，出亦不独裹一身。
若令在郡得五考，与君展覆杭州人。

【笔记】

此诗约作于到杭州任不久(当年冬季)。府衙宾客萧、殷二人贫困，天冷还穿葛布单衣，白居易先给二人缝制两件棉衣，随作此诗。“五考”是太守三年任期。

余杭形胜

余杭形胜四方无，州傍青山县枕湖。
绕郭荷花三十里，拂城松树一千株。
梦儿亭古传名谢[①]，教妓楼新道姓苏[②]。
独有使君年太老，风光不称白髭须。

【注】

①杭州灵隐山上有客儿亭，是东晋后期高僧杜明禅为寄养谢之幼儿客儿（即著名南朝诗人谢灵运）所建。

②教妓楼，南北朝时名妓苏小小旧居（西泠桥畔有苏小小墓）。

江楼晚眺，景物鲜奇，吟玩成篇，寄水部张员外

澹烟疏雨间斜阳，江色鲜明海气凉。
蜃散云收破楼阁，虹残水照断桥梁。
风翻白浪花千片，雁点青天字一行。
好著丹青图画取，题诗寄与水曹郎。

【笔记】

“海市蜃楼”本是海上幻影，天朗云收，市散，楼也破（灭）了。影在江水中的桥名断桥，是西湖一景。张籍，诗人，当时任官水部员外郎。张收到白居易请人写真（画）并题诗，立即回诗一首：“画得江城登望处，寄来今日到长安。乍惊物色从诗出，更想工人下手难。将展书堂偏觉好，每来朝客尽求看。见君向此闲吟意，肯恨当时作外官。”

别州民

耆老遮归路，壶浆满别筵。
甘棠无一树，那得泪潸然。
税重多贫户，农饥足旱田。

唯留一湖水，与汝救凶年。

李绅

悯农二首

一

春种一粒粟，秋收万颗子。
四海无闲田，农夫犹饿死。

二

锄禾日当午，汗滴禾下土。
谁知盘中餐，粒粒皆辛苦。

【笔记】

李绅（772—846），字公垂，无锡（今属江苏）人。元和进士，与元稹、白居易合唱“新乐府”。曾因以新体诗讽喻权贵获罪下狱。武宗时拜相。出为淮南节度使。

元稹

离思（五首之四）

曾经沧海难为水，除却巫山不是云。
取次花丛懒回顾，半缘修道半缘君。

【笔记】

元稹（771—831），字微之，洛阳人。贞元九年（793）明经及第，元和初入仕，历任左拾遗、监察御史、中书舍人。一度为相，旋为同州刺史。体弱多病，娶太子少保韦夏卿女韦丛为妻（二十岁嫁，七年后去世）。写悼亡诗二十余首，此诗最为有名，为唐人悼亡诗中的绝胜之作。

闻乐天授江州司马

残灯无焰影幢幢，此夕闻君谪九江。
垂死病中惊坐起，暗风吹雨入寒窗。

【笔记】

元稹与白居易为挚友。二人酬唱最多，时称元白。白居易《与元九书》传世久远，为学诗者必读。

刘禹锡

刘禹锡（772—842），字梦得，洛阳人。贞元九年（793），与柳宗元同榜进士及第。两年后授太子校书。贞元十六年（800），应杜佑幕（扬州）任掌书记。贞元十八年（802），迁监察御史。

贞元二十一年（805）正月，顺宗实行“永贞革新”（即革德宗末年之乱）失败，刘禹锡作为“二王八司马”核心人物（二王刘柳）之一，贬为朗州（今湖南常德）司马，一谪十年。这期间偶尔为诗：

秋风引

何处秋风至？萧萧送雁群。
朝来入庭树，孤客最先闻。

秋词二首

一

自古逢秋悲寂寥，我言秋日胜春朝。
晴空一鹤排云上，便引诗情到碧霄。

二

山明水净夜来霜，数树深红出浅黄。
试上高楼清入骨，岂如春色嗾人狂。

【笔记】

诗人历来悲秋，“悲哉，秋之为气也”。而刘禹锡豪气冲天，“我言秋日胜春朝”，登高一望，观晴空一鹤，诗情勃发。第二首则是低下看地，顿觉清气沁人，使人清心、净脑，深红浅黄、蜂围蝶阵，徒令人心狂放。

元和十年（815）自朗州召至京，戏赠看花诸君子[1]

紫陌红尘拂面来，无人不道看花回。
玄都观里桃千树[2]，尽是刘郎去后栽。

【注】

①十年贬谪召回“看花诸君子”有柳宗元、韩泰、韩晔等。

②玄都观，在长安城南，今西安市南门外。

【笔记】

这一首诗惹了祸。执政者视为“讽刺朝廷”。刘柳等人再度被贬出京。行至衡阳，刘柳以诗相酬答（见前之柳诗）。

长庆二年（822）冬，穆宗任命刘禹锡为夔州（重庆奉节）刺史。夔州流行一种民歌，称竹枝词，他刻苦学习，把原有唐格律诗改造成一种雅俗共赏的新体——竹枝词。

竹枝词四首

一

白帝城头春草生，白盐山下蜀江清[①]。

南人上来歌一曲，北人莫上动乡情。

二

山桃红花满上头，蜀江春水拍山流。

花红易衰似郎意，水流无限似侬愁。

三

瞿塘嘈嘈十二滩[②]，此中道路古来难。

长恨人心不如水，等闲平地起波澜。

四

山上层层桃李花，云间烟火是人家。

银钏金钗来负水，长刀短笠去烧畲[③]。

【注】

①白帝城：在奉节白帝山上，刘备当年托孤之地。白盐山：在夔府城东。

②瞿塘峡：长江三峡之一。

③银川金钗：女人。负：背（背负青天朝下看）。畲：烧草作肥。

竹枝词一首

杨柳青青江水平，闻郎江上唱歌声[①]。
东边日出西边雨，道是无情却有情。

【注】

①另一版本为“闻郎江上踏歌声”。

浪淘沙二首

一

日照澄洲江雾开，淘金女伴满江隈[①]。
美人首饰侯王印，尽是沙中浪底来。

二

莫道谗言如浪深，莫言迁客似沙沉[②]。
千淘万漉虽辛苦，吹尽狂沙始到金。

【注】

①江隈：江的弯曲处。

②迁客：被贬官员。

【笔记】

长庆四年（824）正月，穆宗卒，敬宗立。刘禹锡稍内徙安徽和州。敬宗宝历二年（826）秋，召回洛阳。途经扬州，与苏州病罢归洛之白居易巧在扬州相遇。二人悲喜交集，刘禹锡在此作了一批高品位诗歌。

先是白居易赠诗："为我引杯添酒饮，与君把箸击盘歌。诗称国手徒为尔，命压人头不奈何。举眼风光长寂寞，满朝官职独蹉跎。亦知合被才名折，二十三年折太多。"刘禹锡答诗曰：

酬乐天扬州初逢席上见赠

巴山楚水凄凉地，二十三年弃置身。
怀旧空吟闻笛赋[①]，到乡翻似烂柯人[②]。
沉舟侧畔千帆过，病树前头万木春。
今日听君歌一曲，暂凭杯酒长精神。

【注】

①闻笛赋：晋人向秀经过亡友嵇康旧居，听到邻人吹笛，不胜悲叹，写了一篇《思旧赋》。

②烂柯人：晋人王质进山打柴，看见两个童子下棋，便停下观看。棋到终局，王质发现手握斧柄已烂掉。回到村里，才知道已经过去了一百年。说明刘禹被贬谪之久，回朝来如同隔世。

望洞庭

湖光秋月两相和，潭面无风镜未磨。
遥望洞庭山水色，白银盘里一青螺。

自江陵沿流道中

三千三百西江水[①]，自古如今要路津。
月夜歌谣有渔父，风天气色属商人。
沙村好处多逢寺，山叶红时觉胜春。
行到南朝征战地，古来名将尽为神。

【注】

①江陵至扬州三千三百里。

平蔡州（三首之二）

汝南晨鸡喔喔鸣[①]，城头鼓角音和平。
路傍老人忆旧事，相与感激皆涕零。
老人收泣前致辞，官军入城人不知。
忽惊元和十二载，重见天宝承平时。

【注】

①汝南，即蔡州。元和十二年（817），宰相裴度亲率大军向淮

西蔡州平叛，乘夜奇袭，几乎兵不血刃，“官军入城人不知”。

石头城（金陵五题之一）

山围故国周遭在，潮打空城寂寞回。
淮水东边旧时月[1]，夜深还过女墙来[2]。

【注】

①淮水：即今南京秦淮河。

②女墙：城垣上墙垛。

乌衣巷（金陵五题之二）

朱雀桥边野草花，乌衣巷口夕阳斜。
旧时王谢堂前燕，飞入寻常百姓家。

【笔记】

东晋时王导、谢安两大世族支撑司马氏后代，在金陵建起半壁江山，史称东晋。王、谢家族居于乌衣巷。此诗使人痛感沧桑变化。

台城（金陵五题之三）

台城六代竞豪华，结绮临春事最奢。
万户千门成野草，只缘一曲后庭花。

【笔记】

台城本是东吴苑城，东晋改建为皇城。东晋历经宋、齐、梁、陈为南朝，陈后主叔宝最为腐朽，与宠妃张丽华醉生梦死，自制乐曲《玉树后庭花》等香艳诗歌。当平陈大军已进宫城，他们还在歌舞不休。俗传："门外韩擒虎，楼头张丽华。"陈后主奢侈无度，为宠妃张丽华建了结绮、临春、望山三座楼阁，各高数十丈，以金玉珠翠装饰。

文宗大和五年（831），刘禹锡任苏州刺史，次年裴度为相，刘禹锡调京，任主客郎中，作《再游玄都观》"前度刘郎今又来"。不久党争激烈，裴度被"李党"排挤而出，为东南道节度使，刘禹锡失去"再起"报效国家之机会。至大和九年（835），刘禹锡为太子宾客，东都休闲，仍坚持创作。

始闻秋风

昔看黄菊与君别，今听玄蝉我却回。
五夜飕飗枕前觉，一年颜状镜中来。
马思边草拳毛动，雕眄青云睡眼开。
天地肃清堪四望，为君扶病上高台。

杨敬之

赠项斯

几度见诗诗总好，及观标格过于诗。

平生不解藏人善，到处逢人说项斯。

项斯

山行

青枥林深亦有人，一渠流水数家分。
山当日午回峰影，草带泥痕过鹿群。
蒸茗气从茅舍出，缲丝声隔竹篱闻。
行逢卖药归来客，不惜相随入岛云。

【笔记】

项斯做过小官丹徒县尉，长期居草野。此诗写山野风光。境界深，景物明，自是好诗。其诗多为谢绝仕途，避唐季祸乱。也算是颇有见地。隐得住，方是真隐。

张祜

题金陵渡

金陵津渡小山楼，一宿行人自可愁。
潮落夜江斜月里，两三星火是瓜洲。

【笔记】

妙在两三灯光。清美，宁静。比之“烟笼寒水月笼沙”《泊秦淮》之诗，更添一份清旷之美。

纵游淮南

十里长街市井连，月明桥上看神仙。
人生只合扬州死，禅智山光好墓田。

【笔记】

“人生只合扬州死”，简直是奇人奇想。张祜，河北清河人。元稹阻其仕途，一生处士，隐丹阳曲河。

许浑①

金陵怀古

玉树歌残王气终②，景阳兵合戍楼空。
松楸远近千官冢，禾黍高低六代宫。
石燕拂云晴亦雨③，江豚吹浪夜还风④。
英雄一去豪华尽，唯有青山似洛中。

【注】

①许浑：润州丹阳人。文宗大和六年（832）进士。官县令、州司马、

监察御史、州刺史。律诗见长，怀古多有佳句留传。

②玉树：即亡国之曲《玉树后庭花》。589年隋军灭陈，南朝王气终。

③石燕：传说此地山多，有石燕，风雨临则飞，风雨止还为石。

④江豚：江猪，居水中，兴风作浪。

登故洛阳城

禾黍离离半野蒿，昔人城此岂知劳？
水声东去市朝变，山势北来宫殿高。
鸦噪暮云归古堞，雁迷寒雨下空壕。
可怜缑岭登仙子，犹自吹笙醉碧桃。

咸阳城东楼

一上高城万里愁，蒹葭杨柳似汀洲。
溪云初起日沉阁，山雨欲来风满楼。
鸟下绿芜秦苑夕，蝉鸣黄叶汉宫秋。
行人莫问当年事，故国东来渭水流。

【笔记】

西望山河，一派萧条景象。“山雨欲来风满楼”，亡国之兆。

汴河亭[1]

广陵花盛帝东游[2]，先劈昆仑一派流[3]。
百二禁兵辞象阙，三千宫女下龙舟。
凝云鼓震星辰动，拂浪旗开日月浮。
四海义师归有道，迷楼还似景阳楼[4]。

【注】

①汴河亭：汴河行宫。

②广陵：扬州。

③先劈昆仑：黄河西出昆仑，分水凿渠。

④迷楼为扬帝修建，景阳楼为陈后主修建，玩乐之所。陈亡于隋，隋炀帝步陈后尘。

谢亭送别[1]

劳歌一曲解行舟[2]，红叶青山水急流。
日暮酒醒人已远，满天风雨下西楼。

【注】

①谢亭：南朝宣城太守谢朓建。李白称“谢公亭”。

②劳歌：离别之歌。

【笔记】

江淹《别赋》：“春草碧色，春水绿波，送君南浦，伤如之何。”

客有卜居不遂

海燕西飞白日斜，天门遥望五侯家。
楼台深锁无人到，落尽东风第一花。

【笔记】

此诗寓意深刻。白居易《秦中吟·伤宅》：“谁家起甲第，朱门大道边。丰屋中栉比，高墙外回环。……一堂费百万，郁郁起青烟。”又《凶宅》:“长安多大宅，列在街西东。往来朱门内，房廊相对空。”“落尽东风第一花”：“原来姹紫嫣红开遍，似这般都付与断井残垣”。“五侯家”：东汉桓帝因宦官灭外戚梁冀有功，一次封宦官五人为侯。这里指唐中晚期宦官权势熏天。

万里桥边女校书——薛涛

薛涛（769—785），长安人，生在诗书之家，父薛郧为一小官，幼年时随父徙官成都。薛涛早慧，七八岁即能吟唱诗歌，到十几岁时丧父，十六岁入营籍（官妓）。新任节度使韦皋听闻她的名声，以当地最高长官身份召薛涛进府，陪酒作诗。在韦皋幕待到二十岁，得罪韦皋被罚到松州（四川松潘县）。受苦无奈，给韦皋以诗代信：

罚赴边有怀上韦令公（二首之一）

闻道边城苦，而今到始知。

却将门下曲，唱与陇头儿。

韦皋见诗怒气消了，将她召回成都，并替她脱籍，恢复了良家身份。此后，薛涛徙居成都浣花溪。她请当时造纸工匠专门制造了一种深红色小笺纸，一笺一诗，很适用，日久人称“薛涛笺”。韦皋任蜀职二十一年，薛涛一直和他交往，和府中幕僚及来客多有诗歌酬唱，与许多著名诗人有诗往回。薛涛诗名传播很广。元和二年（807），新任节度使武元衡请她入幕府任校书郎，正式呈报朝廷，虽然未有批复，但薛涛的校书郎之职已经实任并传开。比如武元衡有一首《题嘉陵驿》：“悠悠风旆绕山川，山驿空濛雨似烟。路半嘉陵头已白，蜀门西更上青天。”薛涛和了一首：

续嘉陵驿诗献武相国

蜀门西更上青天，强为公歌蜀国弦①。
卓氏长卿称士女，锦江玉垒献山川。

【注】

①《蜀国弦》：南朝梁太子萧纲所作的乐府诗。

诗人杜牧寄薛涛诗《题白蘋州》，薛涛回赠诗：

酬杜舍人

双鱼底事到侬家，扑手新诗片片霞。
唱到白蘋洲畔曲，芙蓉空老蜀江花。

杜牧当时任中书舍人。

刘禹锡在蜀地为官时曾赋诗咏玉蕣。薛涛和诗：

和刘宾客玉蕣

琼枝的皪露珊珊，欲折如披玉彩寒。
闲拂朱房何所似，缘山偏映日轮残。

玉蕣，即木槿花，花深红，绿叶肥。此诗末句，暮色初临，花便残落，叹自己日渐衰老。

此时诗人元稹于穆宗长庆元年（821）任翰林，作过《寄赠薛涛》诗，中有“锦江滑腻蛾眉秀，幻出文君与薛涛”“别后相思隔烟水，菖蒲花发五云高”之句。此时薛涛已经五十岁，不再与外交往。

牡丹

去春零落暮春时，泪湿红笺怨别离。
常恐便同巫峡散，因何重有武陵期。
传情每向馨香得，不语还应彼此知。

只欲栏边安枕席，夜深闲共说相思。

与牡丹为伴，虽然花不解语，但可相对会心。每年花开花落，像是相离相聚一样。去春花落后，等待一年。激动地流泪，恨不得枕席搬来卧对，像少年时闺中通夜密语。

筹边楼

平临云鸟八窗秋，壮压西川四十州。
诸将莫贪羌族马，最高层处见边头。

送友人

水国蒹葭夜有霜，月寒山色共苍苍。
谁言千里自今夕，离梦杳如关塞长。

以上两首七言绝句为薛涛代表作。筹边楼在成都西郊，大和四年（830）李德裕为节度使时建。羌族，即吐蕃。当时吐蕃不断挑起边衅，李德裕以宰相守西川，收复被吐蕃占据之维州城。南入南诏，西达吐蕃，故“壮压西川四十州”。大和六年（832）十一月，李德裕调离，边地烽火再起。雪涛会心为诗，慰诸将不要再贪婪掠夺了，羌人是不会停止犯境的，警惕观察情势，“最高层处见边头”，硬语盘空，力透纸背。第二首，友人赴边，千里相送。成都多水，“蒹葭苍苍，白露为霜”。此后千里阻隔，“梦魂不到关山难”。“关塞长”，既然梦魂不到，不梦就是了。女校书“工绝句，无雌声”，清空一气，使唐才子们倾倒。诗人王建之《寄蜀中薛涛校书》，可为此章结尾。

万里桥边女校书，枇杷花里闭门居。
扫眉才子知多少，管领春风总不如。

奇才李贺

【笔记】

李贺，生 790 年，德宗贞元六年；逝于 816 年，宪宗元和十一年。原籍陇西，李唐宗室之后。父晋肃做过县令。元和四年（809），李贺十八岁应试，因进士与晋肃谐音，避父讳，取消考试资格，终生不得志。寄情于诗。十八岁作《雁门太守行》：

黑云压城城欲摧，甲光向日金鳞开。
角声满天秋色里，塞上燕脂凝夜紫。
半卷红旗临易水，霜重鼓寒声不起。
报君黄金台上意，提携玉龙为君死。

元和二年（807），李贺怀诗谒见当时已有盛名的韩愈，受其赏识，被推荐为奉礼郎。前人言称，李贺平时出游，背一锦囊，偶得一事一义，手记投入囊中，耳闻目见，呕心沥血，志在创新——题新、意新、词语新，多有奇句。

李凭箜篌引

吴丝蜀桐张高秋，空山凝云颓不流。
江娥啼竹素女愁，李凭中国弹箜篌。
昆山玉碎凤凰叫，芙蓉泣露香兰笑。
十二门前融冷光，二十三丝动紫皇。
女娲炼石补天处，石破天惊逗秋雨。
梦入神山教神妪，老鱼跳波瘦蛟舞。
吴质不眠倚桂树，露脚斜飞湿寒兔。

【笔记】

前三句突然而来，第四句才交代这是李凭在国的中心长安城弹箜篌。这件乐器很是名贵，弦是吴（苏州）之丝，架是楚（荆湘）之桐制作，于秋高气爽时节，大张弹奏。这是何等生动，惊人的起句！这一体七言古调，就是李贺诗的新奇峭峻之处。

南国（十三首选三）

一

花枝草蔓眼中开，小白长红越女腮。
可怜日暮嫣香落，嫁与春风不用媒。

二

男儿何不带吴钩①，收取关山五十州。
请君暂上凌烟阁②，若个书生万户侯？

三

寻章摘句老雕虫，晓月当帘挂玉弓。
不见年年辽海上，文章何处哭秋风。

【注】

①吴钩：春秋吴国制造的武器。

②凌烟阁：表彰功臣，写真挂之楼阁。

开愁歌

秋风吹地百草干，华容碧影生晚寒。
我当二十不得意，一心愁谢如枯兰。
衣如飞鹑马如狗[1]，临岐击剑生铜吼。
旗亭下马解秋衣[2]，请贳宜阳一壶酒[3]。
壶中唤天云不开，白昼万里闲凄迷。
主人劝我养心骨，莫受俗物相填豗[4]。

【注】

①飞鹑：穿破衣如秃尾鹑。

②旗亭：酒馆。

③贳：赊账。

④豗：俗器，俗物。

金铜仙人辞汉歌

魏明帝青龙元年八月，诏宫官牵车西取汉孝武捧露盘仙人，欲立置前殿。宫官既拆盘，仙人临载，乃潸然泪下。唐诸王孙李长吉遂作金铜仙人辞汉歌。

茂陵刘郎秋风客，夜闻马嘶晓无迹。
画栏桂树悬秋香，三十六宫土花碧。
魏官牵车指千里，东关酸风射眸子。
空将汉月出宫门，忆君清泪如铅水。
衰兰送客咸阳道，天若有情天亦老。
携盘独出月荒凉，渭城已远波声小。

【笔记】

这唐诸王孙，怎么会有如此强烈的兴亡之感呢？自玄宗末年养虎为患，安禄山叛唐，形迹已明。杨国忠多次要玄宗警惕安禄山，他都不听，叛军过了河，他还是不信安禄山叛唐。他宠信宦官，不信将军，当高仙芝与封长清固守潼关，使叛军进退两难之际，他听信宦官边会成的谗言，杀了高仙芝和封长清，使叛军毫无阻挡地直逼长安。这时他带着贵妃和太子丢下长安不要了，仓皇逃向蜀地。这样，他就丢了国家，丢了人心，丢了权威。叛军本来是乌合之众，除了杀人、放火，烧房子、抢财物、抢妇女，哪有什么长计？本来是可以迅速消灭的。由于皇帝都逃跑了，先机已失。毫无谋略的肃宗，指挥失误，打了八年，使国家元气大伤。像李贺、杜牧、李商隐这些精英人物，能不预见国运之危吗？

晚唐小李杜

【笔记】

晚唐小李杜，是诗界称李商隐、杜牧诗可与盛唐（老）“李杜”李白、杜甫相比。李商隐诗“典丽精工，意蕴神婉，长于用典”。杜牧诗“精致豪迈，人称小杜，以比杜而别杜也”。伟大中华“江山代有才人出”。盛唐天生李白、杜甫二人，皆以诗名；而晚唐又生李商隐、杜牧，也皆以诗名。老李杜、小李杜皆互为诗友。大中三年（849），李商隐曾为诗《赠杜司勋》：

高楼风雨感斯文，短翼差池不及群。
刻意伤春复伤别，人间惟有杜司勋。

杜牧（803—852），京都长安万年县人，长安城南樊川有别墅。祖父杜佑（735—812）从大历元年（766）编撰《通典》，至贞元十七年（801）历时三十六年完成。全书200卷，分为食货、选举、职官、礼、乐、兵、刑、州郡、边防共九门。德宗下诏嘉奖。《四库全书总目》评论此书“详而不烦，简而有要，原原本本，皆为有用之实学”。此后，在德宗、显宗两朝为宰相。一生“始终言行，无所缺失”。宪宗继位后，党项、吐蕃不时扰边，边将贪功请出击。杜佑上书，反对用兵，认为党项寇边是因为边将侵刻，或利其善马，或取其子女，劳苦既多，叛亡自起，不可轻易用兵。宪宗采纳，边境无大事。杜佑请求致世，宪宗不许，但令三日一入朝。元和七年（812）杜牧十岁时，杜佑逝世，享年七十八岁，“赠太傅，谥曰安简”。杜牧在这样的环境中长大，家学渊源，自幼好学勤苦，寄情诗赋。两唐书有传：“牧于诗，情致豪迈”。与李商隐合称小李杜。唐文宗大和二年（828），杜牧报考进士科，当时名臣自动为其出力者二十人。礼部侍郎崔郾任主考，太学博士吴武陵向他推荐杜牧的《阿房宫赋》，崔郾看后，倍加称赞。吴武陵要他点杜牧为状元，而状元已“有人了”，二人商定，取杜牧为第五名。果然，发榜上，杜牧中第五名进士。中第后，杜牧为诗曰：

及第后寄长安故人

东都放榜未花开，三十三人走马回。
秦地少年多酿酒，已将春色入关来。

【笔记】

唐从则天皇后时即在东都洛阳举行科考，故三十三名及第进士高高兴兴经潼关回长安。亲友们多备酒吧！

杜牧入仕为官后，正处于牛（僧儒）李（德裕）党争激烈。二人大节都不亏。牛之为嫉妒过甚，胸襟狭窄，加以佞人白敏中依附为奸，“每以私废公”，排斥异己，不择手段。杜牧不屑与之周旋，辞去监察御史之职，出知三州，藉以寄情名胜、山水间，以诗抒怀，尤以七言绝句为胜，清丽绝伦，美不胜收，摘录最便于背诵者如下。

江南春

千里莺啼绿映红，水村山郭酒旗风。

南朝四百八十寺，多少楼台烟雨中。

寄扬州韩绰判官

青山隐隐水迢迢，秋尽江南草未凋。
二十四桥明月夜，玉人何处教吹箫。

南陵道中

南陵水面漫悠悠，风紧云轻欲变秋。
正是客心孤回处，谁家红袖凭江楼。

山行

远上寒山石径斜，白云生处有人家。
停车坐爱枫林晚，霜叶红于二月花。

清明

清明时节雨纷纷，路上行人欲断魂。
借问酒家何处有？牧童遥指杏花村。

题乌江亭

胜败兵家事不期，包羞忍耻是男儿。
江东子弟多才俊，卷土重来未可知。

【笔记】

此诗在三百年后仍为宋人关注。王安石：“百战疲劳壮士哀，中原一败势难回。江东子弟今虽在，肯与君王卷土来？”李清照：“生当作人杰，死亦为鬼雄。至今思项羽，不肯过江东。”

题桃花夫人庙

细腰宫里露桃新，脉脉无言几度春。
至竟息亡缘底事，可怜金谷坠楼人。

【笔记】

《左传》载，楚王闻息妫美貌，掳入宫中，称桃花夫人。楚王荒淫无道。“露桃”句出自王昌岭“昨夜风开露井桃”，喻桃花夫人，“新桃”开了。由“脉脉无言几度春”引出另一个差点被掳的弱女子，以跳楼自尽相抗强者的金谷坠楼人，即石崇家的姬妾绿珠。石崇是有名富人，他宠爱歌女绿珠，为她建了一座金谷园。时赵王司马伦强压石崇，派他的亲信孙秀到金谷园收石崇下狱，并掳绿珠，二人临别对话：“我今为尔得罪”“当效死君前”。赵王伦，晋朝八王之乱的祸首，导致西晋亡。

泊秦淮

烟笼寒水月笼沙，夜泊秦淮近酒家。
商女不知亡国恨，隔江犹唱《后庭花》。

【笔记】

建康（金陵，今南京）六朝〔东吴、宋、齐、梁、陈、隋（一年后迁长安）〕故都。秦淮河穿城而入长江。河中画船，两岸酒家，宴游繁华之处。《后庭花》，陈后主叔宝自制乐曲，世称亡国之音。此诗予以尖锐讽刺。

题齐安城楼[①]

鸣轧江楼角一声[②]，微阳潋潋落寒汀。
不用凭栏苦回首，故乡七十五长亭[③]。

【注】

①齐安：即黄州。武宗会昌年间，杜牧为州刺史。

②鸣轧：暮角声。

③故乡：即长安。唐时设驿站，三十里一站，齐安至长安二千二百五十五里，整七十五长亭。

九日齐山登高

江涵秋影雁初飞，与客携壶上翠微。
尘世难逢开口笑，菊花须插满头归。
但将酩酊酬佳节，不用登临恨落晖。
古往今来只如此，牛山何必独沾衣。

【笔记】

会昌五年（845）任池州刺史时作。九日，重阳节。春秋时，齐景公游牛山，北望临淄，流着眼泪叹息曰："若何，滂滂去此而死乎！"大发人生苦短之感慨。这首诗与杜牧人生观一样，"抑郁之思以旷达出之"。登高一望，心胸豁然，何必抑郁。齐山，池州之山。

题宣州开元寺水阁

六朝文物草连空，天淡云闲今古同。
鸟去鸟来山色里，人歌人哭水声中。
深秋帘幕千家雨，落日楼台一笛风。
惆怅无因见范蠡，参差烟树五湖东。

【笔记】

宣城北有李白相看两不厌的敬亭山，城中有东晋时建的开元寺，谢朓在此做过太守。"人歌人哭"典出《礼记·檀弓》："晋献文子成室。……张老曰：美哉轮焉，美哉奂焉。歌于斯，哭于斯，聚国族于斯。”宣城宛溪的人们，就这样世世代代地居于此地。五湖，是太湖及其通连的四个小湖，所以人们称为五湖。范蠡助越王败夫差之后，隐于五湖。杜牧此时正处逆境（诗作于文宗时期）。

赤壁

折戟沉沙铁未销，自将磨洗认前朝。
东风不与周郎便，铜雀春深锁二乔。

【笔记】

赤壁之战发生在汉献帝建安十三年（208），是中国四大名著《三国演义》中的重大篇章。这一战之后，历史到达蜀魏吴三足鼎立的三国时代。这是一场大会战，写这场会战的诗歌不止杜牧一首，但这一首却是压卷之作。

长安秋望

楼倚霜树外，镜天无一毫。
南山与秋色，气势两相高。

【笔记】

诗家评曰：“这首五言短章，意境高远，气势健举，表现出杜牧的性格和气质。”

过华清宫（三首选二）

一

长安回望绣成堆，山顶千门次第开。
一骑红尘妃子笑，无人知是荔枝来。

二

新丰绿树起黄埃，数骑渔阳探使回。
霓裳一曲千峰上，舞破中原始下来。

【笔记】

李商隐，字义山，怀州河内（今河南沁阳）人。生于宪宗元和八年（813），卒于宣宗大中十二年（858）。公元 821 年，穆宗长庆元年，李商隐九岁，“牛李党争”开始，一直互斗四十年，与晚唐相终始。李商隐无端受“牛党”排挤压抑。大和七年（833），李商隐二十二岁应试落第，以诗遣怀。

初食笋呈座中

嫩箨香苞初出林，於陵论价重如金①。
皇都陆海应无数，忍剪凌云一寸心②。

【注】

①箨：笋壳。香苞：笋心。於陵：长山县。淄州一带竹林极少，故物以稀为贵。长安一带终南山（陆海）遍是竹林。

②凌云：笋成竹，如青春凌云之志。

安定城楼[1]

迢递高城百尺楼，绿杨枝外尽汀洲。
贾生年少虚垂泪，王粲春来更远游[2]。
永忆江湖归白发，欲回天地入扁舟。
不知腐鼠成滋味，猜意鹓鸰竟未休[3]。

【注】

①安定：泾州，因泾水而名。

②贾生：汉贾谊。王粲：建安七子之一。

③“不知”二句：《庄子·秋水》曰“夫鹓鸰，发于南海而飞于北海，非梧桐不止，非练实不食，非醴泉不饮”，高贵之至。鸱鸟弄到一只死老鼠，看到鹓鸰飞过，以为来抢食，发出“赫”的叫声。商隐自喻鹓鸰，指朋党为鸱鸟。

西南行却寄相送者

百里阴云覆雪泥，行人只在雪云西。
明朝惊破还乡梦，定是陈仓碧野鸡。

【笔记】

开成二年（837），李商隐二十四岁，经令狐绹推荐中进士，赴兴元（汉中陈仓）入令狐楚幕，故称西南行。陈仓碧野鸡，汉时曾派使到益州，求“碧野鸡神”。商隐此是第一次远行，梦回故乡之意。

这年冬，令狐楚去世，李商隐转入泾原节度使王茂元幕，王爱其才，相处甚欢，“不论尊卑贵贱，多有论辩，多有夸奖”。日久，把爱女嫁商隐。这便触犯了朋党戒律，因他曾经令狐绹推荐，又入令狐楚幕府，而转投王茂元（李党要员）门下成为爱婿，故被骂为“背恩”之徒，无端卷入“牛李党争”，一生遭受压抑、打击，不得进取。大中五年（851），妻病故，子女幼小。大中十年（856），任盐铁推官，十二年（858）罢职，回到家乡河南闲居。怀着报国无门之恨，四十六岁正壮年抑郁而逝。他的友人崔珏赋诗哀悼曰：

哭李商隐（节录）

虚负凌云万丈才，一生襟抱未曾开。
鸟啼花落人何在，竹死桐枯凤不来。
良马足因无主踠，旧交心为绝弦哀。
九泉莫叹三光隔，又送文星入夜台。

乐游原二首

一

向晚意不适，驱车登古原。
夕阳无限好，只是近黄昏。

二

万树鸣蝉隔岸虹，乐游原上有西风。
羲和自趁虞泉宿，不放斜阳更向东。

【笔记】

乐游原，在长安城东南，地势很高，可俯视长安全城。逢正月晦日、三月三日、九月九日，长安士女到此登赏。

二月二日

二月二日江上行，东风日暖闻吹笙。
花须柳眼各无赖，紫蝶黄蜂俱有情。
万里忆归元亮井，三年从事亚夫营。
新滩莫悟游人意，更作风檐夜雨声。

【笔记】

大中五年（851）秋，为生活计，应东川节度使柳仲郢辟，入幕为书记。家中留下年幼子女，三个年头了，“三年从事亚夫营”。二月二日为“踏青春”，“无赖”二字非贬义，而是昵称。元亮，陶渊明别字元亮，《归园田居》有“井灶有遗处，桑竹残朽株”句。亚夫营，汉周亚夫细柳营。自叹“无文通半顷之田，乏元亮数间之屋”。商隐身世凄苦，多有伤心、针肝之句：“三年已制思乡泪，更入新年恐不禁”“三年苦雾巴江水，不为离人照屋梁”。可泣鬼神矣！

筹笔驿[1]

猿鸟犹疑畏简书[2]，风云常为护储胥。
徒令上将挥神笔，终见降王走传车[3]。
管乐有才终不忝，关张无命欲何如？
他年锦里经祠庙[4]，梁父吟成恨有余。

【注】

①筹笔驿：在四川广元北一百里。相传诸葛武侯当年六出岐山伐魏在此扎营，筹划军事，由此得名。

②简书：古时无纸，以竹简为书。军令亦简书。

③上将：武侯。降王：刘禅（阿斗）。传车：驿站用车。

④锦里：成都武侯祠处。

隋宫

紫泉宫殿锁烟霞，欲取芜城作帝家[1]。
玉玺不缘归日角[2]，锦帆应是到天涯。
于今腐草无萤火，终古垂杨有暮鸦[3]。
地下若逢陈后主，岂宜重问后庭花[4]。

【注】

①紫泉：即喻长安。紫字可与烟霞映衬。芜城：江都。

②日角：指唐高祖李渊。

③放萤：杨广曾搜取洛阳萤火虫数斛，夜游山间放出，“光遍岩谷”。裁柳：白居易《隋堤柳》曰“大业年中炀天子，种柳成行夹流水。西至黄河东至淮，绿影一千三百里”。

④杨广称帝后，梦中遇到陈后主和张丽华，请张丽华演唱一曲《玉树后庭花》。

隋宫

乘兴南游不戒严，九重谁省谏书函。
春风举国裁宫锦，半作障泥半作帆。

咏史

北湖南埭水漫漫，一片降旗百尺竿。
三百年间同晓梦，钟山何处有龙盘？

【笔记】

三百年间，孙权建吴国，至南朝陈亡，经历了六朝的古都金陵，沧桑更替，哪有什么龙盘、虎踞？

齐宫词

永寿兵来夜不扃，金莲无复印中庭。
梁台歌管三更罢，犹自风摇九子铃。

【笔记】

齐宫词，两朝一诗。齐废帝宠潘妃，为她修建了永寿、玉寿、神仙等三宫殿。制金莲花，贴在地板上，供潘妃行走，称“步步金莲”。梁武帝率兵入建康，夜开宫门入殿。从兵来国亡落笔，后两句写梁台歌管到三更歇了，仍能听到“九子铃”的声响。这九子铃是齐废帝在永寿宫装饰的“玉九子铃”。梁武帝不仅拥有齐的国土，连齐王的腐败象征“九子铃”也接纳了。

日日

日日春光斗日光，山城斜路杏花香。
几时心绪浑无事，得及游丝百尺长。

嫦娥

云母屏风烛影深，长河渐落晓星沉。
嫦娥应悔偷灵药，碧海青天夜夜心。

花下醉

寻芳不觉醉流霞，倚树沉眠日已斜。
客散酒醒深夜后，更持红烛赏残花。

宿骆氏亭寄怀崔雍崔衮

竹坞无尘水槛清，相思迢递隔重城。
秋阴不散霜飞晚，留得枯荷听雨声。

夜雨寄北①

君问归期未有期，巴山夜雨涨秋池。
何当共剪西窗烛，却话巴山夜雨时。

【注】

①有的版本作《夜雨寄内》。内，即妻子王氏。

【笔记】

诗文皆忌重复用字，而商隐题《日日》，首句七言三日字，“巴山夜雨”两出，“问归期未有期”两出，读来却不觉重。

无题四首

一

昨夜星辰昨夜风，画楼西畔桂堂东。
身无彩凤双飞翼，心有灵犀一点通。
隔座送钩春酒暖，分曹射覆蜡灯红。
嗟余听鼓应官去，走马兰台类转蓬。

二

凤尾香罗薄几重，碧文圆顶夜深缝。
扇裁月魄羞难掩，车走雷声语未通。
曾是寂寥金烬暗，断无消息石榴红。
斑骓只系垂杨岸，何处西南任好风。

三

来是空言去绝踪，月斜楼上五更钟。
梦为远别啼难唤，书被催成墨未浓。
蜡照半笼金翡翠，麝熏微度绣芙蓉。
刘郎已恨蓬山远，更隔蓬山一万重。

四

相见时难别亦难，东风无力百花残。
春蚕到死丝方尽，蜡炬成灰泪始干。
晓镜但愁云鬓改，夜吟应觉月光寒。
蓬山此去无多路，青鸟殷勤为探看。

锦瑟

锦瑟无端五十弦，一弦一柱思华年。
庄生晓梦迷蝴蝶，望帝春心托杜鹃。
沧海月明珠有泪，蓝田日暖玉生烟。
此情可待成追忆，只是当时已惘然。

【笔记】

此为商隐悼亡妻王氏之作。

晚唐诗摘录

忆扬州

徐凝

萧娘脸下难胜泪，桃叶眉头易得愁。
天下三分明月夜，二分无赖是扬州。

过陈琳墓

温庭筠

曾于青史见遗文，今日飘蓬过此坟。
词客有灵应识我，霸才无主始怜君。
石麟埋没藏春草，铜雀荒凉对暮云。
莫怪临风倍惆怅，欲将书剑学从军。

经五丈原

温庭筠

铁马云雕久绝尘，柳营高压汉宫春。
天清杀气屯关右，夜半妖星照渭滨。
下国卧龙空寤主，中原逐鹿不由人。
象床锦帐无言语，从此谯周是老臣。

瑶瑟怨

温庭筠

冰簟银床梦不成，碧天如水夜云轻。
雁声远过潇湘去，十二楼中月自明。

【笔记】

女主人闺怨。竹席为冰。雁过，南飞到潇湘去了，独在月下冷冷清清孤孤单单。“十二楼”是个典故：“昆仑玄圃五城十二楼，仙人之所常居。”

商山早行

温庭筠

晨起动征铎，客行悲故乡。
鸡声茅店月，人迹板桥霜。
槲叶落山路，枳花明驿墙。
因思杜陵梦，凫雁满回塘。

江楼感旧

赵嘏

独上江楼思渺然，月光如水水如天。
同来望月人何处？风景依稀似去年。

官仓鼠

曹邺

官仓老鼠大如斗，见人开仓亦不走。
健儿无粮百姓饥，谁遣朝朝入君口。

【笔记】

“兽之大者莫勇于虎，兽之小者莫怯于鼠。”李唐之末世连个“官仓”（国家粮库）都管不好，老鼠又大又勇，不怕人。以喻贪官污吏遍及上下，可见这时大唐已经烂透了。“健儿无粮百姓饥”，黄巢等豪杰这就快起事了。

西施

罗隐

家国兴亡自有时，吴人何苦怨西施。
西施若解倾吴国，越国亡来又是谁。

汴河怀古（二首之二）

皮日休

尽道隋亡为此河，至今千里赖通波。
若无水殿龙舟事，共禹论功不较多。

怀宛陵旧游

陆龟蒙

陵阳佳地昔年游，谢朓青山李白楼。

唯有日斜溪上思，酒旗风影落春流。

【笔记】

沈德潜评曰：“佳句，诗中画本。”陵阳，汉时宛陵，古城。三面为陵山怀抱，前临句溪、宛溪二水。“谢朓李白”诗句，“蓬莱文章建安骨，中间小谢又清发”之小谢，齐时曾为宣城（即陵阳、宛陵）太守，建此楼。李白登谢朓楼，自然有李白遗迹。

未展芭蕉

钱珝

冷烛无烟绿蜡干，芳心犹卷怯春寒。
一缄书札藏何事？会被东风暗拆看。

【笔记】

作者钱珝，吴兴（今浙江）人。“大历十才子”之钱起曾孙。此时大唐已衰落，进入末世最后的二十年，在位唐昭宗李晔。钱珝举进士第，一度为中书舍人，后贬为抚州司马。此时朱温抱着野心降唐，把持朝政，杀害昭宗亲信、随从二百余人，强迫昭宗迁都洛阳。李氏诸王如晋王李克用、岐王李茂贞等起兵营救昭宗。钱缪据有吴越之地，大修杭州“凤凰城”。天下大乱，钱珝在抚州司马无能为力，乃以诗自遣。

“未展芭蕉”，乍暖还寒时候，凄凄苦苦，卷缩为“冷烛”，失去光鲜，似干干巴巴的“绿蜡”，像害羞的少女，隐藏着、封闭着，等待那东风浩荡、“芭蕉叶大栀子肥”的日子到来。

这首诗以“绿蜡”为喻,语出新奇,到底是王朝末日之作,诗格弱化。是《红楼梦》第十八回元妃省亲,宝玉题咏、宝钗提示“绿蜡”之典,使它名闻天下。我们不妨节录几段以凑情趣。

这贾妃未入宫时,自幼亦系贾母教养。后来添了宝玉,贾妃乃长姊,宝玉为弱弟,……三四岁时,已得贾妃手引口传,教授了几本书、数千字在腹内了。……贾政又启:“园中所有亭台轩馆,皆系宝玉所题。……”元妃听了宝玉能题,便含笑说:“果进益了。”

(游园毕)元妃乃命传笔砚伺候,因题其园之总名曰:“大观园”。又改题:“有凤来仪”,赐名潇湘馆。“红香绿玉”,改作“怡红快绿”,赐名怡红院。……写毕,向诸姐妹笑道:“妹辈亦各题一匾一诗,随才之长短,亦暂吟成,不可因我微才所缚。且喜宝玉竟知题咏,是我意外之想。此中潇湘馆、蘅芜院二处,我所极爱,次之,怡红院、浣葛山庄。此四大处,必得别有章句题咏方妙。前所题之联虽佳,如今再各赋五言律一首,使我当面试过,方不负我自幼教授之苦心。”宝玉只得答应了,下来自去构思。(众姐妹交卷)彼时宝玉尚未作完,……正作“怡红院”一首,起草内有“绿玉春犹卷”一句。宝钗转眼瞥见,便趁众人不理论,急忙回身悄推他道:“他因不喜‘红香绿玉’四字,改了‘怡红快绿’;你这会子偏用‘绿玉’二字,岂不是有意和他争驰了?况且蕉叶之说也颇多,再想一个字改了罢。”宝玉见宝钗如此说,便拭汗道:“我这会子总想不起什么典故出处来!”宝钗笑道:“你只把‘绿玉’的‘玉’字改作‘蜡’字就是了。”宝玉道:“‘绿蜡’

可有出处？”宝钗见问，悄悄的咂嘴点头笑道：“亏你，今夜不过如此，将来金殿对策，你大约连‘赵钱孙李’都忘了呢！唐韩翊（按：误。应是钱珝）咏芭蕉诗头一句，‘冷烛无烟绿蜡干’，你都忘了不成？”宝玉听了，不觉洞开心臆，笑道：“该死，该死！现成眼前之物偏倒想不起来了，真可谓‘一字师’了。”

忆昔

韦庄

昔年曾向五陵游，子夜歌清月满楼。
银烛树前长似昼，露桃花里不知秋。
西园公子名无忌，南国佳人号莫愁。
今日乱离俱是梦，夕阳唯见水东流！

【笔记】

韦庄，长安人。黄巢入长安之目击者。此诗伤国家离乱悲痛，但仍显出唐诗婉丽多讽的神韵。

台城

韦庄

江雨霏霏江草齐，六朝如梦鸟空啼。
无情最是台城柳，依旧烟笼十里堤。

【笔记】

台城，东晋、南朝皇宫所在地，在南京城鸡鸣山南。草长莺飞，春景盎然。胭粉六朝“往事如烟风吹去”，万户千门成野草了。

已凉

韩偓

碧阑干外绣帘垂，猩血屏风画折枝。
八尺龙须方锦褥，已凉天气未寒时。

安贫

韩偓

手风慵展八行书，眼暗休寻九局图。
窗里日光飞野马，案头筠管长蒲卢。
谋身拙为安蛇足，报国危曾捋虎须。
举世可能无默识，未知谁拟试齐竽。

【笔记】

韩偓（842—923），经历了晚唐、唐亡后的安贫闲居。十岁（851年即宣宗大中五年）曾受到李商隐的夸赞。当时，商隐在徐州卢弘止幕，将转梓州入东川节度幕。韩偓之父韩瞻是李商隐至交，连襟。同僚为商隐送行，韩冬郎即席为诗，一座皆惊。他日商隐追吟“连宵侍坐徘徊久”之句，有老成之风，因成二绝寄酬：“十岁裁诗走马成，冷灰残烛动离情。桐花万里丹山路，雏凤清于老凤声。”

韩偓（冬郎）不负尊言，成人后中进士、入仕途。昭宗朝官翰林学士，中书舍人，随昭宗逃凤翔，进兵部侍郎。以上两诗：一，《已凉》，精巧、含蓄，甚为诗家称道。二，《安贫》，朱温篡唐，诗人操守，不贰臣。“捋虎须”，朱温由黄巢部将，降唐挟持昭宗，韩偓不屈从。向昭宗推荐赵崇为相，招朱温不满，几乎被杀。朱温上殿奏事，群臣起立，韩偓端坐不动，被朱温逐出朝廷，南下到福州，投靠节度使王审之。朱温篡唐建立梁朝，王审知接受封号。韩偓远赴福州，定居在闽南泉州南安县。此诗作于此时。他的诗为诗家誉为“七纵八横，头头是道，最能动人心脾”。（见邵祖平《韩偓诗旨表微》）尤其为“香奁诗”名家。

主要参考书目

一、诗

［宋］朱熹注．诗经集传．上海：上海古籍出版社，1987.

马茂元选注．楚辞选．北京：人民文学出版社，1958.

蓝海文．今本楚辞．台北：文史哲出版社，1991.

［清］沈德潜选．古诗源．北京：中华书局，1984.

［清］王士禛选；［清］闻人倓笺．古诗笺．上海：上海古籍出版社，2010.

周振甫译注．文心雕龙选译．北京：中华书局，1980.

［宋］严羽．沧浪诗话．北京：中华书局，1985.

栗斯．唐诗故事．北京：地质出版社，1981.

［清］彭定求，等，校点．全唐诗．北京：中华书局，1960.

［清］高步瀛选注．唐宋诗举要．上海：上海古籍出版社，1978.

萧涤非，程千帆，等．唐诗鉴赏辞典．上海：上海辞书出版社，1983.

二、史

［汉］司马迁．史记．北京：中华书局，1959.

［汉］班固．汉书．北京：中华书局，1962.

[南朝宋]范晔.后汉书.北京：中华书局，1965.
[晋]陈寿.三国志.北京：中华书局，1959.
[唐]房玄龄，等.晋书.北京：中华书局，1974.
[北齐]魏收.魏书.北京：中华书局，1974.
[南朝梁]沈约.宋书.北京：中华书局，1974.
[唐]魏徵，令狐德棻.隋书.北京：中华书局，1973.
[后晋]刘昫，等.旧唐书.北京：中华书局，1975.
[宋]欧阳修，宋祁.新唐书.北京：中华书局，1975.
范文澜.中国通史简编.北京：人民出版社，1964.
杨向奎.清儒学案新编.济南：齐鲁书社，1985—1994.
白寿彝主编.中国通史.上海：上海人民出版社，1989.